最紮實的俄語教材 全新修訂版

走遍俄羅斯 ❶

ДОРОГА В РОССИЮ
учебник русского языка

周海燕　編著

繁體中文版審訂　吳佳靜

自學輔導手冊

前 言

　　《走遍俄羅斯1　自學輔導手冊》是《走遍俄羅斯1》的配套用書，供選用這本教材的學習者使用。

　　本書主要針對《走遍俄羅斯1》每篇課文提供詞彙、片語及短語的釋義，語音、語調知識的介紹，主要句型的講解，對話及課文的參考譯文和練習題參考答案等。具體如下：

1) 單詞：主要對每課的生詞、片語和短語進行解釋，對以軟音符號結尾的名詞的性、動詞的體以及代詞、副詞等詞類進行標注。全書共有八百多個積極詞彙（生活中常用詞彙）。

2) 語音：主要介紹俄語語音和語調的基本知識。講解俄語母音和子音的發音規則、母音弱化、子音無聲化和有聲化、詞彙連讀等語音知識以及五個常用的俄語調型。

3) 語法：主要介紹每課出現的語法現象和特殊的語法形式，包括俄語名詞（性、數、格）、動詞（變位、時、體、命令式）、代詞（人稱代詞、物主代詞）、形容詞、數詞、副詞、前置詞等詞法知識以及關於複合句的一些句法知識。

4) 句型：該部分對每課的典型句型進行解釋，幫助學習者掌握這些在交際中能起到「骨架」作用的言語範句。

5) 參考譯文：由於《走遍俄羅斯》為引進的原版教材，每課均有大量內容豐富、形式多樣的對話和課文。為便於學習和理解，每課的對話、課文以及練習題中的範例均配有參考譯文。譯文優先遵照原文表達習慣，以直譯居多，僅供對照參考，在中文文法、文采上略有犧牲，請讀者注意甄別。

6) 參考答案：該部分是每課的各類練習題的參考答案。

　　本書附有《走遍俄羅斯1》中常見的語音語法術語表、略語表及總詞彙表，並附有MP3音檔，包含了生詞、對話，供學習者模仿朗讀和訓練聽力技能。

　　本書在編寫過程中，始終得到了中國外語教學與研究出版社領導及俄語工作室編輯們的支持與幫助，在這裡向他們的辛苦勞動表示感謝！

　　由於編者水準有限，疏漏和錯誤在所難免，誠摯希望廣大讀者批評指正。

（原書簡體中文版）編者

2010年11月

術語表

гласный звук 母音

  редукция гласных 母音弱化

согласный звук 子音

  мягкий согласный 軟子音

  твёрдый согласный 硬子音

  глухой согласный 無聲子音

  звонкий согласный 有聲子音

  оглушение и озвончение согласных звуков 子音的無聲化和有聲化

имя существительное 名詞

  одушевлённые существительные 動物名詞

  неодушевлённые существительные 非動物名詞

род имён существительных 名詞的性

  мужской род 陽性

  женский род 陰性

  средний род 中性

число имён существительных 名詞的數

  единственное число существительных 名詞單數

  множественное число существительных 名詞複數

падежи имён существительных 名詞的格

  именительный падеж 第一格

  родительный падеж 第二格

  дательный падеж 第三格

  винительный падеж 第四格

  творительный падеж 第五格

  предложный падеж 第六格

имя прилагательное 形容詞

местоимение 代詞

  вопросительное местоимение 疑問代詞

  личное местоимение 人稱代詞

  определительное местоимение 限定代詞

  притяжательное местоимение 物主代詞

  указательное местоимение 指示代詞

наречие 副詞

глагол 動詞

виды глаголов 動詞的體

 НСВ (несовершенный вид глаголов) 動詞未完成體

 СВ (совершенный вид глаголов) 動詞完成體

 образование видовых пар глаголов 動詞對應體的構成

 употребление глаголов НСВ и СВ 動詞未完成體和完成體的用法

времена глагола 動詞的時

 настоящее время глагола 動詞現在時

 прошедшее время глагола 動詞過去時

 будущее время глагола 動詞將來時

спряжение глагола 動詞變位法

 I (первое спряжение глагола) 動詞第一變位法

 II (второе спряжение глагола) 動詞第二變位法

глаголы движения 運動動詞

инфинитив （動詞）不定式

императив （動詞）命令式

предлог 前置詞

имя числительное 數詞

синтаксис 句法

 сложное предложение 複合句

 союз   連接詞

略語表

陽	陽性名詞
陰	陰性名詞
中	中性名詞
不變	不變化名詞
集	集合名詞
複	名詞的複數形式
形	形容詞
數	數詞
代	代詞
副	副詞
前	前置詞
連	連接詞
語氣	語氣詞
感	感嘆詞
插	插入語
未	未完成體動詞
完	完成體動詞
完未	兼體動詞
命	動詞命令式
定向	定向運動動詞
不定向	不定向運動動詞

目　次

一 單詞 ▶ MP3-251

a	連 而、可是	вот	語氣 這就是
и	連 和、還有	да	語氣 是、是的
у	前（二格）（表領屬關係）屬 於……的；（表處所）在……旁 邊	до	前（二格）到、至、距（表示空間和 時間距離的長短）
мáма	陰 媽媽	дом	陽 房子
мы	代 我們	дым	陽 煙
ум	陽 智慧	дам	完（我）給，動詞дать第一人稱單數 形式
на	前（四格）往……上；（六格） 在……上	идý	定向（我）步行去，動詞идти第一人 稱單數形式
но	連 但是	два	數 二、兩
он	代 他、它	лом	陽 鐵棍、鐵籤
пáпа	陽 爸爸	мол	語氣 插（據某人）説
по	前（三格）沿著……；每逢	мул	陽 馬騾
бом	陽 噹（鐘聲）	мыл	未 洗，動詞мыть過去時陽性形式
бум	陽 熱鬧、熱潮	был	未 有、在、到、去，быть過去時陽性 形式
бон	陽（流送木材的）攔木浮柵	аллó	感 喂！（打電話用語）
вы	代 你們、您	лáмпа	陰 燈
вон	語氣 那就是	онá	代 她、它
ты	代 你	фóто	中 照片
та	代 那、那個（陰性）	водá	陰 水
то	代 那、那個（中性）	э́то	這、這是
там	副 在那裡	лунá	陰 月亮
тут	副 在這裡	дóма	副 在家裡
том	陽 卷、冊		
тон	陽 音、調		

◉ 人名

Анна 安娜（女）	Ира 伊拉（女）
Ивáн 伊萬（男）	Инна 茵娜（女）
Антóн 安東（男）	Ван Лин 王玲（女）
Алла 阿拉（女）	

◉ 地名

Дон 頓河

二 語音

1. 俄語的母音和子音

　　俄語的音分為母音和子音兩類。發俄語母音時，氣流在口腔中不受阻礙，聲音流暢。俄語中共有6個母音。根據發音時舌位的高低，俄語母音分為高母音、中母音和低母音；根據發音時舌位的前後，俄語母音分為前母音、央母音和後母音；根據發音時雙唇狀態，俄語母音還可分為圓唇母音和非圓唇母音。

　　發俄語子音時，氣流在口腔中受阻礙，但氣流不強。俄語中共有36個子音。俄語子音分為無聲子音和有聲子音，其中不少子音無聲、有聲成對。發無聲子音時聲帶不振動，發有聲子音時聲帶振動。

2. 母音[a]、[o]、[y]、[э]、[и]、[ы]

[a]　是低母音，非圓唇母音。發音時口張大，舌自然平放，舌尖依靠下齒。

[o]　是後中母音，圓唇母音。發音時舌向後縮，舌尖離開下齒，舌後部向上抬起，雙唇撮成圓形。

[y]　是後高母音，圓唇母音。發音時舌向後縮，舌後部向軟顎高高抬起。雙唇向前伸，撮成圓筒狀。

[э]　是前中母音，非圓唇母音。發音時舌向前移，舌中部向上抬起，舌尖抵下齒背。雙唇自然舒展。發音時舌位不要移動。

[и]　是前高母音，非圓唇母音。發音時舌向前移，舌中部和舌前部向硬顎高高抬起，舌尖靠近下齒，雙唇向兩旁舒展。

[ы]　是央高母音，非圓唇母音。發音時舌向後縮並向上顎高高抬起，同時雙唇向兩旁舒展，口微張開。

3. 子音[м]、[н]、[п]、[б]、[ф]、[в]、[т]、[д]、[л]

[м]　發音時雙唇緊閉，形成阻塞。氣流振動聲帶，通過鼻腔而出。

[н]　發音時舌前部抬起與上齒背、齒齦緊貼形成阻塞，氣流振動聲帶，通過鼻腔而出。

[п]　發音時雙唇閉合形成阻塞，氣流衝開阻塞而成音。該音是無聲子音，聲帶不振動。

[б]　是與[п]對應的有聲子音。發音部位和方法與[п]相同，聲帶振動。

[ф]　發音時上齒輕觸下唇內側形成縫隙，氣流摩擦過縫隙而成音，聲帶不振動，是無聲子音。

[в]　是與[ф]對應的有聲子音。發音部位和方法與[ф]相同。聲帶振動。

[т]　發音時舌前部向上抬起與上齒背、齒齦緊貼，形成阻塞。氣流衝開阻塞而成音。聲帶不振動，是無聲子音。

[д]　是與[т]對應的有聲子音。發音部位和方法與[т]相同，聲帶振動。

[л]　發音時舌前部緊貼上齒背及齒齦，形成阻塞，同時舌後部稍向軟顎抬起，舌中部自然下凹，整個舌頭成勺狀，氣流從舌的兩側縫隙而出，聲帶振動。

4. 音節，詞的節律和重音

詞可以分成音節。音節的中心是母音。一個詞裡有幾個母音就有幾個音節。一個母音可以單獨構成音節，也可以和一個子音或幾個子音一起構成音節。只有一個音節的詞，稱單音節詞，如：дом（房子）；由兩個音節構成的詞，稱雙音節詞，如：ма́-ма（媽媽）；由三個以上音節構成的詞，稱多音節詞，如：по-го́-да（天氣）。雙音節詞和多音節詞發音時，其中每個音節的快慢、強弱各不相同，這種現象叫詞的節律。雙音節詞和多音節詞中，有一個音節的母音讀得較長、較清晰，這就是重音。帶重音的音節叫重讀音節，其餘的叫非重讀音節。例如：фо́то（照片）一詞中，фо是重讀音節，то是非重讀音節。書面上重音用符號「´」表示，重音符號標在重讀音節母音字母的上方。單音節詞不標重音，重讀音節為大寫字母時也不標重音。

5. 母音的弱化（1）

母音處於非重讀音節時，其讀音不僅短而弱，有時音質還發生變化。這種現象叫母音弱化。母音[a]和[o]在非重讀音節讀成短而弱的[a]，標音用（α）表示。如：ма́ма [ма́мα]、вода́ [вαда́]。

6. 語調，調型1和調型3

每個句子都有一定的語調。語調是指說話者音調的高低、聲音的強弱和長短以及音色的變化。俄語中有多種調型，簡稱ИК。調型具有表義和表情的功能。一個句子使用什麼調型是由說話者的意圖、句子的詞彙組成和句法結構所決定的。調型由三部分組成：調心、調心前部和調心後部。調心由一個重讀音節構成。調型的類型通常用數字標於調心上。

調型1表示語義結束，常用於陳述句。

調型1的特點是：調心前部用說話者平常的音調。調心上音調下降。調心後部繼續保持下降的音調。

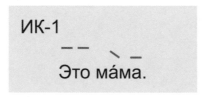

調型3常用於沒有疑問詞的疑問句中。其特點是：調心前部用說話者平常的音調。調心上音調急劇提高。調心後部用低於說話者平常的音調。切勿在調心後部提高聲調！

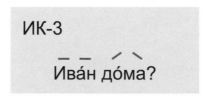

在沒有疑問詞的疑問句中，調心的位置與提問中心的位置要保持一致。如果提問中心變動，則調心也隨著變動。此時，答句內容也相應地變換。試比較：

— Анна до́ма? 安娜在家嗎？　　　　　— А́нна до́ма? 是安娜在家嗎？

— Да, до́ма. 是的，在家。　　　　　　— Да, Анна. 是的，安娜。

三 句型

1. 「Это мáма.」（這是媽媽。）、「Это лáмпа.」（這是燈。），此句型用於指出某人或某物。
2. 「Мáма дóма.」（媽媽在家。）、「Лáмпа там.」（燈在那裡。），此句型用於指出某人或某物的所在地，由表示人或物的名詞（也可用人稱代詞он、онá）和地點副詞（там、тут、дóма等）構成。

四 參考譯文

頁7：7а

這是房子。這是燈。
這是伊拉和伊萬。
這是媽媽和爸爸。
這是伊萬、安東和安娜。

頁8：8а

這是安娜。她在這裡。
這是伊萬。他在家裡。
安娜和伊萬在家裡。我們在這裡。

頁8：8б

— 這是安東嗎？
— 是的，這是安東。／是的，是他。

— 這是安娜嗎？
— 是的，這是安娜。／是的，是她。
— 她在家嗎？
— 是的，在家。／是的，她在家。

頁8：調型3

這是安東嗎？
這是安娜嗎？
燈是在那裡嗎？

頁9：比較調型

調型1
這是安娜。
安娜在家裡。
那裡是房子。

調型3
這是伊萬嗎？
伊萬在家裡嗎？
那裡是水嗎？

— 安東在家裡嗎？　　— 是安東在家裡嗎？　　— 房子在那裡嗎？　　— 那裡是房子嗎？
— 是的，他在家裡。　— 是的，是安東。　　　— 是的，在那裡。　　— 是的，是房子。

頁9：9

這是伊萬。　— 這是伊萬嗎？　　　　　安娜在家裡。　— 安娜是在家裡嗎？
　　　　　　— 是的，是他。　　　　　　　　　　　　— 是的，在家裡。
媽媽在那裡。　— 媽媽是在那裡嗎？　　燈在這裡。　— 燈是在這裡嗎？
　　　　　　— 是的，在那裡。　　　　　　　　　　— 是的，在這裡。

頁9：10

範例：
— 這是房子嗎？　　　　　　　　　　— 房子是在那裡嗎？
— 是的，這是房子。　　　　　　　　— 是的，是在那裡。

頁10：12

這是媽媽和爸爸嗎？是的，這是媽媽和爸爸。
安娜在那裡嗎？是的，安娜在那裡。她在家裡。
這是房子。燈是在這裡嗎？是的，在這裡。

頁10：13a

— 喂，喂！　　　　　　　　　　　　— 喂，喂！
— 喂，喂！　　　　　　　　　　　　　我是王玲。茵娜在家嗎？
— 我是伊萬。安東在家嗎？　　　　　— 是的，在。她在家。
— 在，他在家。

五 練習題參考答案

頁7：7б

Это дом.
Это ла́мпа.
Это луна́.
Это ма́ма и па́па.
Это Анто́н.

Дом там.

Антóн и Ивáн тут.

Ира дóма.

— Это Антóн?

— Да, э́то Антóн.

— Антóн дóма?

— Да, дóма.

— Это лáмпа?

— Да, э́то лáмпа.

— Лáмпа там?

— Да, там.

— Это водá?

— Да, э́то водá.

— Водá тут?

— Да, тут.

— Это лунá?

— Да, э́то лунá.

— Лунá там?

— Да, там.

— Áнна дóма?³

— Да, онá дóма.

— Инна там?³

— Да, онá там.

— Áнна дóма?³

— Да, дóма онá.

— Там Инна?³

— Да, там онá.

— Лáмпа тут?³

— Да, лáмпа тут.

— Там водá?³

— Да, там водá.

— Тут лáмпа?³

— Да, тут лáмпа.

— Водá там?³

— Да, водá там.

— Пáпа дóма?

— Да, он дóма.

— Это дом?

— Да, э́то дом.

— Мáма там?

— Да, там.

— Лáмпа тут?

— Да, лáмпа тут.

— Это фóто?

— Да, э́то фóто.

— Тут водá?

— Да, тут водá.

— Это Антóн?

— Да, э́то Антóн. (Да, э́то он.)

— Áнна дóма?

— Да, дóма. (Да, онá дóма.)

— Водá там?

— Да, там.

— Это Ира?

— Да, э́то Ира. (Да, э́то онá.)

— Лáмпа тут?

— Да, тут.

— Это водá?

— Да, э́то водá.

мы, он, она́, вы, ма́ма, па́па, Анна, Анто́н, Ива́н, дом, там, тут, ла́мпа, до́ма, фо́то, вода́
Это дом. Там ла́мпа. Ма́ма и па́па до́ма.

1

— Это Ива́н?　　　　　— Ма́ма до́ма?　　　　— Там вода́?

— Да, он.　　　　　　— Да, она́ до́ма.　　　— Да, вода́.

— Фо́то тут?　　　　　— Тут ла́мпа?

— Да, тут.　　　　　　— Да, ла́мпа.

УРОК 2 第二課

一 單詞 ▶ MP3-252

как	副	如何、怎樣	у́тром	副	（在）早晨
лук	陽	蔥	клуб	陽	俱樂部
ко́мната	陰	房間	друг	陽	朋友
окно́	中	窗戶	го́род	陽	城市
кот	陽	公貓	страна́	陰	國家
молоко́	中	牛奶	звук	陽	聲音
кто	代	誰	за́втра	副	明天
банк	陽	銀行	му́ха	陰	蒼蠅
бу́ква	陰	字母	сын	陽	兒子
мно́го	副	很多	сок	陽	果汁
ма́ло	副	很少	суп	陽	湯
когда́	副	什麼時候	сыр	陽	乳酪
хо́лодно	副	冷	стол	陽	桌子
пло́хо	副	不好、壞	стул	陽	椅子
пого́да	陰	天氣	сло́во	中	單詞
бар	陽	酒吧	су́мка	陰	包
пар	陽	蒸汽	заво́д	陽	工廠
дар	陽	禮物、恩賜	расска́з	陽	故事、短篇小說
тар	陽	塔爾琴（外高加索的一種民間撥絃樂器）	авто́бус	陽	公車
			оно́	代	它
парк	陽	公園	подру́га	陰	女友
ры́ба	陰	魚	соба́ка	陰	狗
уро́к	陽	課、功課	зову́т (как зову́т)	未	叫（叫什麼名字），動詞звать第三人稱複數形式
брат	陽	兄弟			
торт	陽	蛋糕	мину́та	陰	分鐘（мину́ту是其第四格形式，意思是「請稍等」）
ка́рта	陰	地圖			
гру́ппа	陰	一群、組	спаси́бо	語氣	謝謝
			за́втрак	陽	早餐

⦿ 俄羅斯人的姓

Ивано́в 伊萬諾夫

⊙ 地名

Во́лга 伏爾加河
Москва́ 莫斯科
Во́логда 沃洛格達
Омск 鄂木斯克

🔲 語音

1. 子音[к]、[г]、[х]、[р]、[с]、[з]

[к]　發音時後舌部抬起與軟顎前沿形成阻塞，氣流衝開阻塞成音。該音是無聲子音。

[г]　發音部位和方法與[к]相同，聲帶振動，是與[к]對應的有聲子音。

[х]　發音時舌後部向軟顎抬起與之形成縫隙，氣流擦過縫隙而成音。該音是無聲子音。

[р]　發音時舌尖稍稍卷起，和上齒根或齒齦接近，氣流通過時衝擊舌尖，舌尖顫動而成音。發音時聲帶振動，是有聲子音。

[с]　發音時舌前部向上抬起與上齒背及上齒齦形成縫隙，舌尖抵下齒，氣流通過窄縫成音。該音是無聲子音。

[з]　發音部位和方法與[с]相同，聲帶振動，是與[с]對應的有聲子音。

2. 調型2

　　帶疑問詞的疑問句用調型2。調型2的特點是：調心前部用説話者平常的音調。調心上音調略有下降（或略有提高），同時加強該詞的重音。調心後部用低於説話者平常的音調，切勿在調心後部提高聲調。呼語（即呼喚他人時）也使用調型2。

ИК-2

Анна, кто э́то?

3. 有聲子音的無聲化

　　俄語無聲子音和有聲子音在一定情況下可以互相轉化。有聲子音在一定的語音位置上發成相對應的無聲子音，這種現象稱為無聲化。有聲子音無聲化的規律如下：

1) 位於詞末的有聲子音，要發成相對應的無聲子音，如：клуб [клуп]。如果詞末有兩個有聲子音相連時，它們同時都要無聲化。

2) 位於無聲子音前的有聲子音要發成相對應的無聲子音，如：за́втра [за́фтра]。

目 語法

1. 俄語的詞類

詞在語法上的分類叫詞類（ча́сти ре́чи）。

俄語的詞通常分為十大詞類：

1) 名詞（и́мя существи́тельное），如：ко́мната、дом等。

2) 形容詞（и́мя прилага́тельное），如：но́вый、ста́рый等。

3) 數詞（и́мя числи́тельное），如：два、три等。

4) 代詞（местоиме́ние），如：ты、он等。

5) 動詞（глаго́л），如：чита́ть、слу́шать等。

6) 副詞（наре́чие），如：у́тром、за́втра等。

7) 前置詞（предло́г），如：на、у、о́коло等。

8) 連接詞（сою́з），如：но、а等。

9) 語氣詞（части́ца），如：да、не等。

10) 感嘆詞（междоме́тие），如：ой、ура́等。

名詞、形容詞、數詞、代詞、動詞、副詞是實詞（знамена́тельные слова́），可單獨使用，當作句子成分；前置詞、連接詞、語氣詞是虛詞（служе́бные слова́），一般不能單獨使用，不用作句子成分；感嘆詞是一種特殊詞類。

2. 名詞的性（1）

俄語名詞有陽性、陰性和中性的區別。名詞的性根據其詞尾來確定。例如：以子音結尾的屬陽性，以-a結尾的屬陰性，以-o結尾的屬中性。

性	結尾	例詞
陽性	子音	Ива́н, дом, парк
陰性	-a	Анна, ла́мпа, ка́рта
中性	-o	окно́, молоко́, фо́то

（注）：

1) 表示人的名詞或人名按其自然屬性分為陽性和陰性，不受詞尾的限制。如：па́па（爸爸）為陽性名詞，Анна（安娜）為陰性名詞。

2) 人稱代詞он和陽性名詞相對應，она́和陰性名詞相對應，оно́和中性名詞相對應。

3. 動物名詞和非動物名詞

表示人和動物的名詞（друг、кот）叫做動物名詞，其他名詞（ла́мпа、ко́мната）是非動物名詞。中性名詞一般都是非動物名詞。

4. 人稱代詞（1）

俄語中的人稱代詞分為三個人稱：第一人稱я（我）、мы（我們）；第二人稱ты（你）、вы（你們）和第三人稱он（他）、оно́（它）、она́（她）、они́（他們、她們、它們）。第三人稱代詞он用來指稱前面提及的陽性名詞，она́用來指稱前面提及的陰性名詞，оно́用來指稱前面提及的中性名詞。如：

Это Ива́н. Он до́ма. 這是伊萬。他在家。

Это ла́мпа. Она́ тут. 這是燈。它在這裡。

Фо́то там? Да, оно́ там. 照片是在那裡嗎？是的，是在那裡。

四 句型

1. — Кто э́то? 這是誰？
   — Это Ива́н. 這是伊萬。
2. — Как вас зову́т? 您叫什麼名字？
   — Ива́н. 伊萬。

這兩個句型只能用於對動物名詞進行提問。

3. — Когда́ уро́к? 什麼時候上課？
   — Утром. 早晨。

此句型用於詢問有關時間的資訊。

五 參考譯文

頁16：4a

這是地圖。
那裡是公園。

瞧，這是牛奶和水。
那裡是魚和蛋糕。

早晨很冷！

頁16：5a

這是地圖。這是城市。
這是公園。那是房子。
這是銀行和俱樂部。

這是課堂。這是班級。
這是安東、安娜和王玲。

這是房子。瞧，這是房間。
這裡是窗戶。那裡是貓。

頁16：5б

範例：
— 這是地圖嗎？
— 是的，是地圖。

— 這是城市嗎？
— 是的，是城市。

頁18：6в

這是地圖。
這是莫斯科市。
這是沃洛格達市。
這是鄂木斯克市。

這是房間。
那裡有桌子和椅子。
瞧，這是椅子。這裡是書包。
這是桌子。上面有湯、果汁和乳酪。

頁18：7

這是伊萬。他在家裡。這是媽媽。她在家裡。這是燈。瞧，它就在這裡。
瞧，這是牛奶。它在這裡。照片在那裡嗎？是的，它在那裡。

頁19：9a

— 這是誰？
— 這是伊萬。

— 您叫什麼名字？
— 伊萬。

頁19：9б

— 伊拉，這是誰？
— 這是伊萬。

— 伊萬，這是誰？
— 這是安娜。

— 安東，這是誰？
— 這是媽媽和爸爸。

— 這是什麼動物？
— 這是貓。牠在這裡。

— 這是什麼動物？
— 這是狗。牠在這裡。

頁20：10a

— 安娜，這是誰？
— 這是安東。
— 這是安東嗎？
— 是的，是他。

— 安東，這是誰？
— 這是伊拉。
— 這是伊拉嗎？
— 是的，是她。

— 伊拉，這是誰？
— 這是哥哥，伊萬。
— 這是伊萬嗎？
— 是的，是他。

伊萬：　喂！喂！

伊拉：　喂！您是哪位？是伊萬嗎？

伊萬：　是，我是伊萬。安東在家嗎？

伊拉：　在，他在家。請稍等。

伊萬：　謝謝！

稍等！
謝謝！

2

伊拉：　喂！

伊萬：　喂！您是哪位？是伊拉嗎？

伊拉：　是，我是伊拉。安娜在家嗎？

伊萬：　在，她在家。請稍等。

伊拉：　謝謝！

六 練習題參考答案

頁19：8a

он（陽性）	она́（陰性）	оно́（中性）
брат, стол, стул, друг, дом, заво́д, парк, суп, па́па, го́род, сын, кот, банк, авто́бус, расска́з, сыр, торт	подру́га, гру́ппа, ры́ба, ко́мната, ла́мпа, бу́ква, страна́, соба́ка, су́мка, вода́	фо́то, окно́, молоко́, сло́во

頁20：11

— Кто э́то?

— Это Анна.

— Это кот?

— Да, э́то кот.

— Кто э́то?

— Это кот.

— Это Ива́н?

— Да, э́то Ива́н.

— Кто э́то?

— Это Ива́н и Анна.

— Это соба́ка?

— Да, э́то соба́ка.

— Кто э́то?

— Это ма́ма.

— Это Ира?

— Да, э́то Ира.

1) там

2) ла́мпа, гру́ппа, за́втра, ка́рта, су́мка, бу́ква, го́род, па́па, ма́ма, ры́ба, за́втрак, сло́во

3) страна́, расска́з, Москва́, уро́к, окно́, заво́д

4) ко́мната

5) авто́бус, соба́ка, подру́га, пого́да

6) молоко́

за́втра, когда́, ма́ло, мно́го, пло́хо, хо́лодно, спаси́бо, у́тром

За́втра у́тром хо́лодно. Это пло́хо. Когда́ хо́лодно, пло́хо.

Это **Ива́н и Анто́н**.
Кто э́то?

Ива́н там, **Анто́н** тут.
Кто там, а кто тут?

Уро́к **у́тром**.
Когда́ уро́к?

За́втрак **у́тром**.
Когда́ за́втрак?

Это **кот и соба́ка**.
Кто э́то?

Там **соба́ка**.
Кто там?

УРОК 3 第三課

一 單詞 ▶ MP3-253

шар	陽 球	дай	命 （請）給……
жар	陽 熱、熱氣	стой	命 （請）站住
шор	陽 蕭氏硬度計	май	陽 五月
жор	陽 （魚類產卵後）復原營養期	я	代 我
жир	陽 油（脂）、脂肪	твой (твоя́, твоё, твои́)	代 你的
наш (на́ша, на́ше, на́ши)	代 我們的	ёж	陽 刺蝟
ваш (ва́ша, ва́ше, ва́ши)	代 你們的	я́блоко	中 蘋果
сто	數 一百	мо́жно	副 可以
хорошо́	副 好	пожа́луйста [луста]	語氣 請、不客氣
журна́л	陽 雜誌	декана́т	陽 系主任辦公室
жду	動 （我）等，動詞ждать第一人稱單數形式	ба́бушка	陰 祖母
шарф	陽 長圍巾	пра́вда	陰 真話；插 的確、確實
шкаф	陽 櫃子	зонт	陽 傘
шко́ла	陰 （中、小）學校	игра́	陰 遊戲、比賽
ша́пка	陰 帽子	класс	陽 年級、班
маши́на	陰 汽車、轎車、機器	его́	代 他（它）的
каранда́ш	陽 鉛筆	её	代 她（它）的
нож	陽 刀	их	代 他們（它們）的、她們的
ло́жка	陰 匙、勺子	здра́вствуй(те) [аст]	命 你（您、你們）好
жа́рко	副 熱		
сад	陽 花園		
то́же	副 也、同樣地		
мой (моя́, моё, мои́)	代 我的		

До свида́ния! 再見！

Как дела́? 最近好嗎？

⊙ 人名

Юра 尤拉（男）

二 語音

1. 子音[ш]、[ж]、[й]

[ш] 發音時舌前部向上齒齦和硬顎前沿抬起，與之形成縫隙，同時舌後部向軟顎抬起，與之形成另一個縫隙。舌中部下凹。雙唇微圓，稍向前伸。氣流擦過兩個縫隙而成音，是無聲子音。

[ж] 發音方法和部位與[ш]相同。發音時聲帶振動，是有聲子音。

[й] 發音時舌中部向硬顎高高抬起，形成窄縫，舌尖靠近下齒。發音時聲帶振動，氣流通過縫隙摩擦而成音，是有聲子音。

2. 母音字母я、ё、ю、е

母音字母я、ё、ю、е不是單獨的母音，它們表示子音[й]分別和a、o、y、э組合而成。я=[йa]、ё=[йo]、ю=[йy]、е=[йэ]。

3. 子音[ж]、[ш]與字母е、и相連時的發音規則

字母е和и在子音字母ш、ж之後分別讀作[э]和[ы]，如：ше [шэ]、ши [шы]；же [жэ]、жи [жы]。

4. 語調

調型1的調心一般在句末，但調心也可在其他詞上。表示說話者強調這個詞。例如：

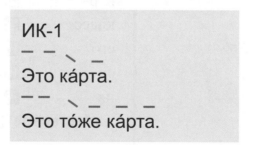

在有對比意義的連接詞a前，須用調型3朗讀。例如：
Это моя̆ ша́пка, а э́то твоя̆ ша́пка.

5. 無聲子音的有聲化

無聲子音在有聲子音之前要發成相對應的有聲子音。兩個單詞連讀時也要遵守有聲化規則，例如 наш[ж] го́род。

目 語法

1. 人稱代詞（2）

人稱代詞вы可表示「你們」，也可以表示「您」（尊稱）。

2. 物主代詞（1）

物主代詞分第一人稱物主代詞мой（我的）、наш（我們的）；第二人稱物主代詞твой（你的）、ваш（你們的）和第三人稱物主代詞егó（他的、它的）、её（她的、它的）、их（他們的、她們的、它們的）。第一、二人稱物主代詞有性的變化，在句中應和被說明的名詞在性的形式上一致。如：мой стакáн、твоя́ сýмка等。

性＼人稱	第一人稱		第二人稱	
陽性	мой	наш	твой	ваш
陰性	моя́	нáша	твоя́	вáша
中性	моё	нáше	твоё	вáше

第三人稱物主代詞егó、её、их沒有性的變化，可以和任何性的名詞連用。例如：Это егó (её, их) гóрод (машúна, окнó)。

四 句型

「Это моя́ шáпка, а э́то твоя́ шáпка.」（這是我的帽子，而這是你的帽子。）

在將事物進行對比時，使用帶表示對比意義的連接詞а的複合句。如：Это нáша грýппа, а э́то вáша грýппа.。

五 參考譯文

頁24：1г

看，這是房間。這裡是桌子。那裡是椅子。
這是地圖。這就是莫斯科市。
這是媽媽。她在家。
這是誰？什麼時候上課？
安娜在家嗎？伊萬在那裡嗎？
這是銀行嗎？那裡是樓房嗎？

—喂！伊拉在家嗎？
—在，她在家。請稍等。
—謝謝。

—喂！哪位？
—我是安東。伊拉，什麼時候上課？
—明天上課。
—好的，謝謝。

頁26：2

真熱啊！太好了！
天氣熱的時候，真好。

好冷啊！真糟糕！
天氣冷的時候，真糟糕。

頁27：3

看，這是房間。那裡有桌子和椅子。
這是櫃子。裡面有帽子和長圍巾。

這是城市。這裡是學校。那邊是工廠。
看，這是樓房和花園。這裡有輛轎車。

頁27：4

這是雜誌。這也是雜誌。安娜在家。安東也在家。這是房間。桌子在那邊。櫃子也在那邊。

頁30：6

—可以進來嗎？
—請進。
—您是安娜·伊萬諾夫娜嗎？
—是的，我是。

—這是妳嗎，奶奶？
—是的，是我。
—真的嗎！？

—這是誰？
—這是我。

—這是誰？
—這是我們。

—哪位？
—是我。可以進來嗎？
—請進。

—這是誰？是安東嗎？
—是的，是他。

頁31：7a

這是我。看，這是我的房子。這裡是我家的窗戶。那裡是我的房間。
這是我。這是我的爸爸和我的媽媽。這是我的哥哥。這是我的奶奶。我們在家裡。
這是我的哥哥。這是我的（女性）朋友。這是我的（男性）朋友。他們在家裡。

頁32：9

這是我。這是我的圍巾。那裡是我的帽子。

　　這是你。這是你的桌子。這裡是你的書包。那裡是你的照片。

這是安東。看，這是他的房間。這裡是他的桌子。那裡是他的照片。

　　這是安娜。看，這是她的房間。這裡是她的桌子。那裡是她的照片。

這是我們。看，這是我們的房子。這裡是我們的房間。那裡是我們家的窗戶。

　　這是你們。看，這是你們的城市。這裡是你們的學校。

這是伊萬和安東。這是他們的房子。那裡是他們的汽車。這是他們的照片。

頁32：10

這是安娜，而這是伊拉。

這裡是我們的銀行，那邊是我們的俱樂部。

看，這是我的果汁，而這是你的牛奶。

這是我們班，而這是你們班。

頁35：18a

安東：	喂！喂！
伊萬：	喂！是安東嗎？
安東：	是的，是我。哪位？
伊萬：	我是伊萬。安東，你好！
安東：	你好，伊萬！最近好嗎？
伊萬：	謝謝，還好。我們的課是什麼時候？
安東：	明天。我們的課是明天上午。
伊萬：	謝謝，再見。

你好！

再見！

最近好嗎？

六 練習題參考答案

頁28：5a

Это дом. Это то́же дом.

Это ла́мпа. Это то́же ла́мпа.

Это зонт. Это то́же зонт.

Это маши́на. Это то́же маши́на.

Это ша́пка. Это то́же ша́пка.

Это шарф. Это то́же шарф.

Это каранда́ш. Это то́же каранда́ш.

Это нож. Это то́же нож.

Шáпка тут. Шарф тóже тут.
Бáбушка там. Кот тóже там.
Водá тут. Сок тóже тут.
Стул там. Сýмка тóже там.
Мáма тут. Пáпа тóже тут.

мой: журнáл, нож, брат, гóрод, карандáш, суп, сок, кот, стол, стул, пáпа, сын, автóбус, зонт, друг, зáвтрак

моя́: кáрта, шкóла, странá, грýппа, собáка, сýмка, шáпка, подрýга, лáмпа, мáма, бáбушка, игрá

моё: я́блоко, окнó, молокó

— Это **твоя́** мамá?
— Да, моя́.

— Это твой **друг**?
— Да, друг.

— Это **наш** стол?
— Да, наш.

— Это **егó** дом?
— Да, егó.

— Это вáша **мáма**?
— Да, **мáма**.

— Это **ваш** друг?
— Да, мой.

— Это твоя́ **подрýга**?
— Да, подрýга.

— Это её **мáма**?
— Да, мáма.

а) — Это шкóла?
— Да, шкóла.

— Кто это? Ваш друг?
— Да, друг.

— Ваш брат дóма?
— Да, дóма.

— Утром хóлодно?
— Да, хóлодно.

— Когдá зáвтрак?
— Утром.

б) — Это ваш банк?
— Да, э́то наш банк.

— Это твой брат?
— Да, э́то мой брат.

— Твоя́ подрýга тут?
— Да, моя́ подрýга тут.

— Зáвтра хóлодно?
— Да, зáвтра хóлодно.

— Когдá наш урóк?
— Наш урóк ýтром.

УРОК 4 第四課

一 單詞 ▶ MP3-254

нос	陽 鼻子	
остано́вка	陰 公車站	
ем	未 （我）吃，動詞есть 第一人稱單數形式	
мать	陰 母親	
где	副 在哪裡、在什麼地方	
нет	語氣 不、不是、不對（否定回答）	
днём	副 在白天	
тётя	陰 姨、嬸、姑	
дя́дя	陽 叔、伯、舅、姑父	
студе́нт	陽 男大學生	
студе́нтка	陰 女大學生	
апте́ка	陰 藥局	
институ́т	陽 學院	
кни́га	陰 書	
рис	陽 米、米飯	
лист	陽 張、頁	
здесь	副 這裡	
и́мя	中 名字	
ме́сто	中 地方	
ле́том	副 （在）夏天	
слова́рь	陽 辭典	
письмо́	中 信	
зимо́й	副 （在）冬天	
газе́та	陰 報紙	
магази́н	陽 商店	
экску́рсия	陰 遊覽、參觀	
поликли́ника	陰 聯合診所、綜合醫院	
жена́	陰 妻子	
инжене́р	陽 工程師	
эта́ж	陽 （樓）層	

а́дрес	陽 地址	
музе́й	陽 博物館	
метро́	不變 中 地鐵	
теа́тр	陽 劇院、戲劇	
сестра́	陰 姊妹	
семья́	陰 家庭	
тетра́дь	陰 練習本	
тепло́	副 溫暖地	
о́сенью	副 （在）秋天	
сего́дня	副 今天	
извини́те	命 請原諒	
преподава́тель	陽 （大學）老師	
скажи́ (скажи́те)	命 請（您）說、請問	
суперма́ркет	陽 超市	
аудито́рия	陰 （大學的）教室	
де́душка	陽 爺爺	
пе́сня	陰 歌、歌曲	
мо́ре	中 大海	
упражне́ние	中 練習	
покажи́те	命 請把……給看、請出示	
да́йте	命 請把……給、請把……交給	
что	代 什麼	
коне́чно [шно]	插 當然	
вещь	陰 東西、物品	
чай	陽 茶	
врач	陽 醫生	
дочь	陰 女兒	
ча́шка	陰 碗、杯	
ру́чка	陰 鋼筆	
по́чта	陰 郵局	

пло́щадь	陰 廣場	ва́за	陰 花瓶
сейча́с	副 現在	ро́за	陰 玫瑰
часы́	複 鐘、錶	столо́вая	陰 食堂
уче́бник	陽 教科書	альбо́м	陽 相冊、紀念冊
телефо́н	陽 電話	посмотри́	命 （你）看
общежи́тие	中 集體宿舍	гара́ж	陽 車庫
нельзя́	副 不能、不許	позвони́	命 請打電話
университе́т	陽 大學	ничего́	副 沒關係、不要緊、還可以
моро́женое	中 冰淇淋		
дире́ктор	陽 經理、院長、（中小學）校長	то́лько	語氣 僅僅、只
		о́чень	副 很、非常
сле́ва	副 （在）左邊、（從）左邊	всегда́	副 永遠、總是
спра́ва	副 （在）右邊、（從）右邊		

◉ 人名

Еле́на 葉蓮娜（女）　　　　　Ви́ктор 維克多（男）

◉ 地名

МГУ 莫大（國立莫斯科大學的簡稱）

Кра́сная пло́щадь 紅場

Пло́щадь Тяньаньмэнь 天安門廣場

Большо́й теа́тр 大劇院

Кремль 克里姆林宮

стадио́н «Лужники́» 盧日尼基體育場

Хуачжо́нский университе́т нау́ки и те́хники 華中理工大學

Ру́сский музе́й 俄羅斯美術館

🔲 語音

1. 硬子音和軟子音

　　俄語的子音有硬子音和軟子音之分。發軟子音時除硬子音的發音動作外，舌中部還同時向硬顎抬起。舌中部向上抬起這一附加動作是區別子音硬軟的標誌。標音時在子音字母右上角標上符號「’」表示軟子音。俄語中大部分子音是軟硬成對的。它們是：

硬子音 [б, п, м, в, ф, д, т, н, л, р, з, с, г, к, х]

軟子音 [б’, п’, м’, в’, ф’, д’, т’, н’, л’, р’, з’, с’, г’, к’, х’]

　　除上述軟硬對應的子音外，還有：

[ж]、[ш]、[ц]是硬子音，沒有對應的軟子音。

[ч’]、[щ’]、[й’]是軟子音，沒有對應的硬子音。

　　子音字母在а、о、у、э、ы前讀硬音，在я、ё、ю、е、и前讀軟音。如：

　　та – тя (=т’а)　　　то – тё (=т’о)　　　ты – ти (=т’и)

2. 硬音符號 ъ 和軟音符號 ь

　　硬音符號ъ和軟音符號ь不表示任何音，它們在詞中起分音的作用，表示其前面的子音字母與後面的母音字母я、ё、ю、е要分開讀，例如：отъéзд、статья́。同時，硬音符號ъ還表示其前面的子音為硬子音，軟音符號ь表示其前面的子音是軟子音。

3. 軟子音[н']、[м']、[д']、[т']、[л']、[р']、[с']、[з']

　　[н']是與[н]對應的軟子音。發音時舌中部向硬顎抬起，除此以外，發音動作與[н]相同。

　　[д']是與[д]對應的軟子音，[т']是與[т]對應的軟子音。[д']是有聲子音，而[т']是與之對應的無聲子音。發音時舌中部向硬顎抬起，舌前部的阻塞部位要略大一些。發[д']時聲帶振動，發[т']時聲帶不振動。

　　發軟子音[м']時，舌中部向硬顎抬起，除此以外，發音動作與發[м]時基本相同。

　　[л']是與[л]相對應的軟子音。發音時舌中部向硬顎抬起，舌前部抵上齒齦，舌後部自然下落。聲帶振動，氣流由舌兩側縫隙中擦過。

　　[р']是與[р]相對應的軟子音。發音時舌中部向硬顎抬起，舌尖顫動部位比發[р]略低些，發音時聲帶振動。

　　[с']是與[с]對應的軟子音，[з']是與[з]對應的軟子音。[с']是無聲子音，[з']是與之對應的有聲子音。發[с']和[з']時舌中部向硬顎抬起，除此以外，發音動作與發[с]和[з]時基本相同。

4. 母音的弱化（2）

　　母音字母я、э、е在非重讀音節發近似[и]的音。如：сестра́ – [с'и]стра́、этáж – [и]тá[ш]。在硬子音ж、ш、ц之後非重讀的母音字母е讀成近似[ы]的音。如：жена́ – [жы]на́。

5. 軟子音[ч']和[щ']

[ч']　發音時舌中部向上抬起，舌前部緊貼上齒齦形成阻塞，雙唇稍向前伸，氣流通過時，阻塞微啟，氣流自縫隙摩擦而過，融合成一個塞擦音。發音時聲帶不振動。[ч']永遠是軟子音。

[щ']　發音時舌前部與上齒齦後沿形成一個縫隙，舌中部同時向硬顎抬起與之形成又一個縫隙，雙唇成圓形並略向前伸。氣流擦過縫隙而成音。[щ']是長音，因此持續時間要長些。[щ']永遠是軟子音。

三 語法

1. 名詞的性（2）

性	詞尾	例詞
陽性	-硬子音 -й -ь	брат музе́й слова́рь
陰性	-a -я -ь	сестра́ семья́ мать
中性	-o -e	окно́ упражне́ние

陽性：以硬子音及-й、-ь結尾。

陰性：以-a、-я、-ь結尾。

中性：以-o、-e結尾。

（注）：

1) 表示男人的名詞，不管其詞尾如何，一律屬陽性。如：де́душка、дя́дя、па́па。

2) 以-ь結尾的名詞是陽性還是陰性要逐一記住。

2. 動詞命令式（1）

　　命令式用來表示命令、請求、建議、勸告對方進行某種行為。當對方是一個人以及朋友、家庭成員時，用單數形式，如：「Анто́н, скажи́!」；當對方是兩人以上，或者雖是一個人，但為了表示禮貌，則用複數形式，如：「Анна Ива́новна, скажи́те!」。

四 句型

1. — Скажи́, э́то журна́л? 請問，這是雜誌嗎？

　　— Нет, э́то не журна́л. Это газе́та. 不，這不是雜誌。這是報紙。

　　在對疑問句作否定答覆時，使用帶有нет和не兩個否定語氣詞的結構。нет處於句首，не位於需要否定的詞之前。在答句中通常不僅否定錯誤的資訊，而且提供正確的資訊。如：

　　— Скажи́, э́то апте́ка? 請問，這是藥局嗎？

　　— Нет, э́то не апте́ка. Это поликли́ника. 不，這不是藥局。這是診所。

2. — Что э́то? 這是什麼？

　　— Это чай. 這是茶。

　　在對非動物名詞進行提問時，使用句型「Что э́то?」（這是什麼？）。注意和對動物名詞進行提問的句型「Кто э́то?」（這是誰？）進行區分。

— Что э́то? 這是什麼？　　　　　　　　　— Кто э́то? 這是誰？
— Э́то журна́л. 這是雜誌。　　　　　　　— Э́то моя́ сестра́. 這是我姊姊。

3.　— Где кни́га? 書在哪裡？
　　　— Там. 在那裡。

　　在詢問某人或某物的所在地時，使用帶疑問副詞где的疑問句。在答句中使用表示地點意義的副詞，如：до́ма（在家裡）、здесь（在這裡）、там（在那裡）、сле́ва（在左邊）、спра́ва（在右邊）等。

五 參考譯文

頁38：1

— 你好！最近好嗎？　　　　　　　　　— 可以（進來）嗎？
— 謝謝，還好。　　　　　　　　　　　— 請（進）。

— 這是您弟弟？　　　　— 這是你的果汁。　　　　— 可以（做某事）嗎？
— 是的。　　　　　　　— 謝謝。　　　　　　　　— 稍等。
— 真的嗎？　　　　　　— 不客氣。

頁40：2в

— 伊萬，這是誰？　　　　　　　　　　　　— 維克多，藥局是在那裡嗎？
— 這是我的母親。而這是她的弟弟，我的舅舅。　— 是的，在那裡。
　　　　　　　　　　　　　　　　　　　　　— 謝謝。

— 安東，這是學院嗎？　　　　　　　　　　— 安東，這是你的書嗎？
— 是的，這是我們的學院。　　　　　　　　— 是的，我的。
　　　　　　　　　　　　　　　　　　　　— 可以看嗎？
　　　　　　　　　　　　　　　　　　　　— 可以，給你。

— 安娜，什麼時候有我們的比賽？　　　　　— 伊萬，您的姑姑在家嗎？
— 明天白天。　　　　　　　　　　　　　　— 在，她在家。
— 謝謝。　　　　　　　　　　　　　　　　— 謝謝。

頁41：4в

— 什麼時候天氣熱？
— 夏天。
— 什麼時候天氣冷？
— 冬天。
— 那就是説，夏天熱，而冬天冷。

頁42：6

範例：

— 請問，我們的參觀在什麼時候？
— 明天，白天。
— 謝謝。

— 對不起，請問，您叫什麼名字？
— 安娜·伊萬諾夫娜。

— 請問，這是你的朋友嗎？
— 是的，是我的朋友。

頁43：7a

範例：

— 安東，請問，這是商店嗎？
— 是的，這是商店。

— 安娜，請問，這是藥局嗎？
— 不，這不是藥局。這是診所。/ 不，這是診所。
— 謝謝。

頁44：7б

範例：

— 安東，請問，這是您的書嗎？
— 是的，是我的。

— 安娜，請問，這是妳的辭典嗎？
— 不，不是我的。這是你的辭典。

頁44：7в

範例：

— 維克多，燈是在那裡嗎？
— 是的，在那裡。

— 安娜，安東在這裡嗎？
— 不，他在家。

頁44：7г

範例：

— 維克多，請問，上課是在明天早晨嗎？
— 是的，明天早晨。

— 伊拉，夏天冷嗎？
— 不，夏天不冷。夏天熱。/ 不，夏天熱。

頁44：8a

範例：
— 安東，請問，這是誰？
— 這是我們的老師。

頁44：8б

範例：
— 維克多，請問，這是你姊姊嗎？
— 不，這不是姊姊。這是我的女友。/ 不，這是我的女友。

頁46：10б

— 安娜，這是妳的雜誌嗎？
— 是的，是我的。
— 請給我看一下。

— 伊拉，請問，這是妳的照片嗎？
— 是的，是我的。
— 請給我看看。

— 大家好！我是你們的老師安娜·伊萬諾夫娜。
— 您好！

— 你好，維克多！
— 你好，安東！最近好嗎？
— 還好。

頁47：11

範例：
— 安東，請問，這是你的辭典嗎？
— 是的，是我的。
— 請給我一下。
— 給你。

— 安娜·伊萬諾夫娜，請問，這是您的書嗎？
— 是的，是我的。
— 請您給我看看。
— 給你。

頁49：14

— 維克多，這是誰？
— 這是我們經理伊萬・伊萬諾維奇。

— 請問，這是誰？這是大學生嗎？
— 不。這是老師。

— 安娜，這是什麼（地方）？
— 這是我們的大學。

— 請問，這是什麼？是茶嗎？
— 不。這是果汁。

頁49：15

範例：
— 請問，這是誰？
— 這是工程師。

— 請問，這是什麼？
— 這是銀行。

頁51：17

哥哥在哪裡？
— 維克多，請問，你的哥哥在哪裡？
— 他在這裡。

藥局在哪裡？
— 請問，這附近藥局在什麼地方？
— 這就是藥局，在左邊。

地鐵在哪裡？
— 請問，地鐵在哪裡？
— 在這邊，在左邊。

安娜在哪裡？
— 安東，安娜在哪裡？
— 她在家。

食堂在哪裡？
— 請您指給我看，食堂在什麼地方？
— 在那邊，在右邊。

頁52：18a

範例：
— 安娜，請問，妳姊姊在哪裡？
— 她現在在家。

頁52：18б

範例：
— 請問，學校在哪裡？
— 看，這就是，左邊這個。

頁52：18в

範例：
— 請問，博物館是在這裡嗎？右邊這個？
— 是的，右邊這個。

頁53：19a

— 維克多，這是什麼？

— 這是我們的相冊。

— 請給我看看。

— 給你。

— 你看，這是我們全家。這是我。這是我的媽媽。這是我的爸爸。

— 那右邊是誰？

— 右邊是我哥哥。

— 這是你們的狗嗎？

— 是的，這是我們的狗。

— 那你的奶奶和爺爺在哪裡？

— 這就是我的奶奶和我的爺爺。這是我們的房子。這是我們的花園。

— 這是什麼？

— 這是車庫。那裡有我們的汽車。

— 維克多，這是你的女朋友嗎？

— 不，這不是女朋友。這是我姊姊。

— 你們這是在哪裡？

— 我們在家裡。

頁54：21a

葉蓮娜·伊萬諾夫娜：	喂！
伊萬：	您好，葉蓮娜·伊萬諾夫娜！我是伊萬。
葉蓮娜·伊萬諾夫娜：	你好，伊萬！你怎麼樣？最近好嗎？
伊萬：	很好，只是非常冷。
葉蓮娜·伊萬諾夫娜：	當然了，秋天總是很冷。
伊萬：	葉蓮娜·伊萬諾夫娜，請問，伊拉在家嗎？
葉蓮娜·伊萬諾夫娜：	現在不在。你晚上再打電話來吧。
伊萬：	什麼時候？晚上？
葉蓮娜·伊萬諾夫娜：	是的，晚上。
伊萬：	謝謝，對不起。再見。
葉蓮娜·伊萬諾夫娜：	沒關係，沒關係。再見。

— 最近好嗎？ — 還好。	— 對不起！ — 沒關係。	請你（您）早晨（白天、晚上）來電話吧。

4

六 練習題參考答案

頁38：2

— Кто э́то?
— Э́то мой брат.

— Э́то молоко́?
— Да, э́то молоко́.

— Когда́ за́втрак?
— За́втрак у́тром.

— Кто э́то?
— Э́то А́нна и Анто́н.

— Э́то твоя́ ба́бушка?
— Да, э́то моя́ ба́бушка.

— Брат до́ма?
— Да, брат до́ма.

頁45：9а

Э́то мой (наш): слова́рь, институ́т, эта́ж, а́дрес, брат, дя́дя, де́душка, преподава́тель, го́род, шарф, каранда́ш, журна́л

Э́то моя́ (на́ша): кни́га, аудито́рия, тетра́дь, экску́рсия, семья́, сестра́, тётя, ба́бушка, пе́сня, страна́, ша́пка, шко́ла, газе́та

Э́то моё (на́ше): письмо́, фо́то, упражне́ние

頁54：22

1. Ива́н, как дела́? Спаси́бо, хорошо́.
2. Сейча́с о́чень хо́лодно. Осенью всегда́ хо́лодно.
3. Скажи́те, пожа́луйста, Ира до́ма? Сейча́с нет.
4. Позвони́ ве́чером. Когда́? Ве́чером?
5. Спаси́бо, извини́те. Ничего́, пожа́луйста.

頁55：3

студе́нт, студе́нтка, институ́т, и́мя, скажи́, ле́том, слова́рь, ме́сто, экску́рсия, сего́дня, тетра́дь, сестра́, теа́тр, тепло́, упражне́ние, здра́вствуйте, покажи́, сейча́с, пло́щадь, уче́бник, часы́, коне́чно, здра́вствуй, пожа́луйста, покажи́те

頁55：4

— Что э́то?
— Э́то на́ша шко́ла.

— Что э́то?
— Э́то теа́тр.

— Где по́чта?
— По́чта здесь.

— Где метро́?
— Метро́ там.

— Когда́ уро́к?
— Уро́к за́втра, у́тром.

— Кто э́то?
— Э́то наш преподава́тель.

— Кто э́то?
— Э́то мой брат.

— Где А́нна?
— А́нна до́ма.

— Где магази́н?
— Магази́н сле́ва.

— Когда́ экску́рсия?
— Экску́рсия днём.

頁55：5

— Здра́вствуйте!
— Здра́вствуйте!

— Как дела́?
— Спаси́бо, хорошо́.

— До свида́ния!
— До свида́ния!

— Мо́жно?
— Пожа́луйста.

— Извини́те!
— Ничего́, пожа́луйста.

— Спаси́бо!
— Пожа́луйста.

4

УРОК 5 第五課

一 單詞 ▶ MP3-255

俄文	詞性	中文
статья́	陰	文章
друзья́	複	朋友們
ви́за	陰	簽證
ко́фе	不變 陽	咖啡
фе́рмер	陽	農場主
обе́д	陽	午餐
биле́т	陽	票、券、（身分、職務的）證件
весно́й	副	（在）春天
проспе́кт	陽	大街
конве́рт	陽	信封
ве́чером	副	（在）晚上
переры́в	陽	（課間、工間）休息時間
де́ньги	複	錢
хи́мик	陽	化學工作者
кино́	不變 中	電影、電影院
кио́ск	陽	書報攤
био́лог	陽	生物工作者
кинотеа́тр	陽	電影院
родно́й	形	親的、親近的、家鄉的
цирк	陽	馬戲、雜技
центр	陽	中心
ци́фра	陰	數字
оте́ц	陽	父親
цена́	陰	價格
у́лица	陰	街道
столи́ца	陰	首都
табли́ца	陰	表、表格
гости́ница	陰	旅館、飯店
оди́н	數	一、一個
три	數	三
това́рищ	陽	同志、同伴
ночь	陰	夜
челове́к	陽	人
лю́ди	複	（челове́к的複數）人們
ребёнок	陽	孩子
де́ти	複	兒童們、小孩子們
глаз	陽	（複數глаза́）眼睛
фа́брика	陰	工廠
вы́ставка	陰	展覽、展覽會
трамва́й	陽	有軌電車
дива́н	陽	長沙發
телеви́зор	陽	電視機、電視
кре́сло	中	安樂椅、單人沙發
карти́на	陰	色彩畫
чей (чья, чьё, чьи)	代	誰的
муж	陽	丈夫
Дава́йте познако́мимся.		讓我們認識一下。
прия́тно	副	愉快
спортсме́н	陽	運動員
спортсме́нка	陰	女運動員
журнали́ст	陽	新聞記者
журнали́стка	陰	女新聞記者
шко́льник	陽	中小學（男）學生
шко́льница	陰	中小學（女）學生
домохозя́йка	陰	家庭主婦
экономи́ст	陽	經濟學家
юри́ст	陽	法律學家、律師
бизнесме́н	陽	商人
роди́тели	複	父母親
программи́ст	陽	程式設計師
знать	未	知道
никто́	代	（誰）也不、沒有人

позови́те	命 請叫……	нормáльно	副 正常地；（口）挺好地
привéт	陽 你好	сигарéта	陰 香煙
покá	副 回頭見、暫時		

◉ 人名

Илья́ 伊里亞（男）	Марúна 馬林娜（女）
Дáрья 達里婭（女）	Олéг Мéньшиков 奧列格・梅尼什科夫（演員）
Úгорь 伊戈爾（男）	Алсý 阿爾蘇（歌手）
Cáша 薩沙	Анна Кýрникова 安娜・庫爾尼科娃（網球運動員）
Джон 約翰（男）	Николáй Бáсков 尼古拉・巴斯科夫（歌手）
Клáра 克拉拉（女）	
Том 湯姆（男）	
Ольга 奧爾加（女）	
Марúя 瑪莉亞（女）	

◉ 地名

Китáй 中國	Арбáт 阿爾巴特街
Пекúн 北京	Третьякóвская галерéя 特列季亞科夫美術館
Россúя 俄羅斯	
Санкт-Петербýрг 聖彼得堡	

⊟ 語音

1. 子音[б']、[п']、[в']、[ф']、[г']、[к']、[х']和[ц]

[б']是與[б]對應的軟子音，[п']是與[п]對應的軟子音。[п']是無聲子音，[б']是與之對應的有聲子音。發[п']和[б']時舌中部向硬顎抬起，除此以外，發音動作與發[п]和[б]時基本相同。

[в']是與[в]對應的軟子音，[ф']是與[ф]對應的軟子音。[ф']是無聲子音，[в']是與之對應的有聲子音。發[ф']和[в']時舌中部向硬顎抬起，除此以外，發音動作與發[ф]和[в]時基本相同。

[г']、[к']、[х']的發音部位與[г]、[к]、[х]基本相同，只是發軟子音時，中舌部向上抬起，使阻塞部位略向前移，阻塞面積也略大些。氣流衝開阻塞發出[к']，通過縫隙發出[х']。[г']的發音方法與[к']相同，只是聲帶振動，是有聲子音。

[ц]發音時舌前部緊貼上齒背形成阻塞，氣流輕輕衝開阻塞，形成縫隙，然後氣流摩擦而出。[ц]是無聲子音，硬子音。

[ц]與e、и相連發音規則如下：

1) ци發[цы]。

2) це發[цэ]（在重讀音節）。це發短而弱的[цы]（在非重讀音節）。

3) тса=[ца]、тсо=[цо]、тсу=[цу]、тсы=[цы]

2. 調型4

調型4常用於帶對比意義的疑問句。這種疑問句通常以對比連接詞a開頭。調型4的特點是：調心前部用説話者平常的音調，調心的母音由下降到平穩上升，調心後部繼續保持升上去的音調。

冃 語法

1. 名詞的數（1）

俄語中名詞一般都有單、複數兩種形式。單數表示一個事物，複數表示兩個或幾個事物。名詞的單、複數形式由詞的詞尾表示。複數形式的構成方法如下：

性 ＼ 數	例詞		結尾	
	單數	複數	單數	複數
陽性	стол музе́й слова́рь	столы́ музе́и словари́	硬子音 -й -ь	加-ы 變-и 變-и
陰性	ла́мпа пе́сня тетра́дь	ла́мпы пе́сни тетра́ди	-а -я -ь	變-ы 變-и 變-и
中性	окно́ мо́ре	о́кна моря́	-о -е	變-а 變-я

（注）：

1) 名詞構成複數形式時在子音г、к、х、ж、ч、ш、щ後不寫-ы，寫-и。例如：
   врач – врачи́、това́рищ – това́рищи、эта́ж – этажи́、кни́га – кни́ги、ру́чка – ру́чки等。
2) 某些陽性名詞複數詞尾是-а。例如：
   дом – дома́、го́род – города́、глаз – глаза́等。
3) 某些陽性、中性名詞複數形式特殊，要逐一記住。例如：
   брат – бра́тья、друг – друзья́、стул – сту́лья、челове́к – лю́ди、ребёнок – де́ти等。
4) 專有名詞（Шанха́й、Москва́）、物質名詞（рис、молоко́）、抽象名詞和集合名詞（о́бувь、му́зыка）等一般沒有複數。
5) 某些外來詞不變化。例如：фо́то、кафе́等。

2. 物主代詞（2）

第一人稱物主代詞мой、наш和第二人稱物主代詞твой、ваш不僅有性的變化，還有數的變化，在句中應和被説明的名詞在性、數形式上一致，見下表：

數	性	第一人稱	第二人稱
單數	陽性	мой (наш) учéбник	твой (ваш) учéбник
	陰性	моя́ (нáша) кни́га	твоя́ (вáша) кни́га
	中性	моё (нáше) письмó	твоё (вáше) письмó
複數		мои́ (нáши) ⎰ учéбники / кни́ги / пи́сьма	твои́ (вáши) ⎰ учéбники / кни́ги / пи́сьма

（注）：疑問代詞чей也有性、數變化。單數為чей（陽性）、чья（陰性）、чьё（中性）；複數為чьи。

第三人稱物主代詞沒有數的變化，可以和任何性、數的名詞連用，如егó кни́ги、её учéбники、их пи́сьма。

3. 人稱代詞第四格

5

кто?	как зову́т?
я	меня́
ты	тебя́
он	егó
онá	её
мы	нас
вы	вас
они́	их

4. 動詞第一變位法

　　俄語動詞隨人稱和數的不同，其詞尾發生變化。這種變化叫動詞變位。例如：Он читáет.（他在讀書。）、Они́ читáют.（他們在讀書。）動詞的原始形式叫動詞不定式。俄語動詞有兩種變位法：第一變位法和第二變位法。第一變位法範例如下：

人稱 ＼ 不定式	знать	詞尾
я	знáю	-ю (-у)
ты	знáешь	-ешь (-ёшь)
он, онá	знáет	-ет (-ёт)
мы	знáем	-ем (-ём)
вы	знáете	-ете (-ёте)
они́	знáют	-ют (-ут)

（注）：第一變位法的人稱詞尾為-ю (-у)、-ешь (-ёшь)、-ет (-ёт)、-ем (-ём)、-ете (-ёте)、ют (-ут)。

四 句型

1. — Как вас зову́т? 您叫什麼名字？

   — Меня́ зову́т Ива́н. 我叫伊萬。

   　　此句型只用於詢問人的姓名。禮貌的詢問方式是「Как вас зову́т?」；年長者向年輕人或孩子提問時使用「Как тебя́ зову́т?」。

2. — Кто он? 他是做什麼工作的？

   — Он студе́нт. 他是大學生。

   　　此句型用於詢問關於人的職業、社會地位和職務等方面的資訊。

3. 在詢問資訊時可以使用兩種句子結構：

   — Вы зна́ете, что э́то? 您知道這是什麼地方嗎？

   — Да, зна́ю. Это Большо́й теа́тр. 是的，知道。這是大劇院。

   — Вы не зна́ете, что э́то? 您知道這是什麼嗎？

   — Да, зна́ю. Это метро́. 是的，知道。這是地鐵。

   　　第二種帶否定語氣詞не的結構是比較禮貌、委婉的用法，這種結構對答句不產生影響，譯成中文時не省去不譯。

五 參考譯文

頁57：1

— 這是茶嗎？請拿給我。

— 是你的鋼筆嗎？請給我看看。

— 大學在哪裡？
— 瞧，就在這裡。在左邊。
— 那這是宿舍嗎？
— 是的，這就是，在右邊。

— 現在是要上課嗎？
— 當然了。

— 請問，這是誰？這是你的女友嗎？
— 不是，這是我姊姊。

— 什麼時候上課？
— 明天。

— 最近好嗎？
— 謝謝，很好。

— 請問，這是什麼地方？
— 這是大劇院。
— 謝謝。

— 請晚上打電話。
— 好的。

頁59：3

— 「3áвтрак」（早餐）是在早晨吃嗎？
— 是的，在早晨。
— 那「обéд」（午餐）是在晚上吃？
— 不，「обéд」（午餐）是在中午吃。

— 對不起，您的票在哪裡？
— 這就是，請看。

— 請問，現在是休息時間嗎？
— 不，現在是在上課。

— 您的簽證在哪裡？
— 這就是我的簽證。

頁60：6a

— 這是我的國家——俄羅斯。那您的國家在哪裡？
— 看，這就是我的國家——中國。而這裡是北京。這是我的故鄉。那您的故鄉在哪裡？
— 瞧，這就是。莫斯科是我的故鄉。

頁64：11a

— 這是誰的辭典？
— 我的。/ 這是我的辭典。

— 這是誰的宿舍？你們的嗎？
— 我們的。/ 這是我們的宿舍。

— 這是誰的鋼筆、鉛筆和練習本？你的嗎？
— 我的。/ 這是我的鋼筆、鉛筆和練習本。

— 這是誰的房間？
— 我們的。/ 這是我們的房間。

頁65：12

這是伊萬。
這是他的辭典、書、信和他的一些練習本。

這是安娜。
這是她的辭典、書、信和她的一些練習本。

這是安東和維克多。
這是他們的房間。看，這是他們的桌子。上面有他們的辭典、書、信和他們的練習本。

頁66：14

a) — 維克多，這是誰？
　　— 這是尤拉。
　　— 那這位呢？
　　— 這是安東。

б) — 安東，安娜在哪裡？
　　— 安娜在這裡。
　　— 那維克多呢？
　　— 他在家裡。

頁67：15a

範例：

— 對不起，這是劇院嗎？

— 是的，是劇院。

— 那這個呢？

— 這是郵局。

— 謝謝。

頁67：15б

範例：

— 請問，這是什麼？

— 這是一些雜誌。

— 那這是？

— 而這是一些報紙。

— 請問，書在哪裡？

— 這裡。

— 那報紙呢？

— 報紙在那裡。

頁68：16

— 伊萬，這是誰？

— 這是我的朋友。

— 他叫什麼名字？

— 他叫維克多。

— 安娜，這是誰？

— 這是我的姊姊。

— 她叫什麼名字？

— 她叫伊拉。

— 伊萬，這是你的朋友們嗎？

— 是的，這是我的朋友們。

— 他們叫什麼名字？

— 他們是維克多、安東和尤拉。

— 您好！

— 您好！讓我們認識一下！

— 我叫安娜·伊萬諾夫娜。您呢？

— 伊萬·彼得洛維奇。

— 非常高興認識您。

— 你是叫伊戈爾嗎？

— 不是。

— 那你叫什麼名字？

— 我叫薩沙，伊戈爾是我的朋友。

頁68：17a

你們好！讓我們來認識一下。我是你們的老師。我叫安東·伊萬諾維奇。現在請告訴我，你們叫什麼名字。

頁68：17б

— 讓我們來認識一下。這是我的朋友。他叫約翰。而這是我的朋友（女）克拉拉。

— 非常高興認識你們。我叫湯姆。

頁68：17в

你們看，這是我。左邊是我的朋友，他叫尤拉。右邊是我的朋友（女），她叫安娜。

— 這是誰？
— 這是我爸爸。
— 他是做什麼工作的？
— 他是工程師。

— 這是誰？
— 這是我媽媽。
— 她是做什麼工作的？
— 她是家庭主婦。

— 這是誰？
— 這是我的朋友們。
— 他們是做什麼的？
— 他們是大學生。

— 這是你的朋友嗎？
— 是的。
— 他是做什麼的？是記者嗎？
— 不。他還是大學生。

— 這是你的朋友（女）嗎？
— 是的。
— 她是做什麼的？是大學生嗎？
— 不。她已經是老師了。

範例：
— 伊萬，請問，你的父親是做什麼工作的？
— 他是律師。
— 那媽媽呢？
— 她是家庭主婦。

範例：
— 請問，伊拉是大學生嗎？
— 是的。
— 那安東呢？
— 他也是大學生。

這是我的家。

讓我們來認識一下。我叫安東。我是大學生。而這是我們全家。這是我的父母。這是我爸爸。他叫伊戈爾・安東諾維奇。他是程式設計師。右邊是我的媽媽。她叫奧爾加・尼古拉耶夫娜。她是醫生。我們的爺爺也是醫生。這裡，左邊是我的哥哥。他叫維克多。他也是大學生。而這是我們的奶奶，瑪莉亞・維克多羅夫娜。我們的狗也在這裡。牠叫尼卡。尼卡是我們的朋友。

範例：
— 這是誰？
— 這是爸爸。
— 他叫什麼名字？
— 他叫伊戈爾・安東諾維奇。
— 他是做什麼工作的？
— 他是程式設計師。

—王玲，妳知道這是什麼地方嗎？

—是的，我知道。這是克里姆林宮。
你知道克里姆林宮在哪裡嗎？

—當然了，我知道它在哪裡。

—您知道這是誰嗎？

—不，我不知道這是誰。

—那誰知道呢？

—沒人知道。

葉蓮娜・伊萬諾夫娜：　喂！

伊萬：　　　　　　　您好，葉蓮娜・伊萬諾夫娜！我是伊萬。伊拉在家嗎？

葉蓮娜・伊萬諾夫娜：　你好，伊萬。在，她在家。

伊萬：　　　　　　　請您叫一下她。

葉蓮娜・伊萬諾夫娜：　馬上，請稍等。

伊拉：　喂，伊萬，是你嗎？

伊萬：　是我。妳好！最近好嗎？

伊拉：　挺好的。你呢？

伊萬：　也一切都好。妳知道我們的課是什麼時候上嗎？

伊拉：　明天早晨。

伊萬：　那參觀呢？

伊拉：　參觀也是明天，只是在晚上。

伊萬：　謝謝，回頭見。

伊拉：　再見。

```
請您叫一下他（她）。
你好！
回頭見！
```

六 練習題參考答案

1) Ира до́ма? <u>Да, до́ма.</u>

2) Позови́те её, пожа́луйста. <u>Сейча́с, мину́ту.</u>

3) Ива́н, э́то ты? <u>Да, я.</u>

4) Как дела́? <u>Норма́льно. А твои́?</u>

5) Когда́ наш уро́к? <u>За́втра у́тром.</u>

6) А экску́рсия? <u>То́же за́втра, ве́чером.</u>

7) Вы зна́ете, что Ира до́ма? <u>Да, зна́ю.</u>

Я (не) зна́ю, <u>как</u> его́ зову́т.

        <u>кто</u> он.

        <u>когда́</u> уро́к.

        <u>где</u> Кремль.

        <u>что</u> э́то.

Ви́ктор не зна́ет, <u>чьи</u> э́то ве́щи.

        <u>чья</u> э́то су́мка.

        <u>чей</u> э́то слова́рь.

        <u>чьё</u> э́то письмо́.

        <u>чей</u> э́то телефо́н.

Я зна́ю, <u>чьё</u> э́то ме́сто.

        <u>чей</u> э́то уче́бник.

        <u>чьи</u> э́то сигаре́ты.

        <u>чья</u> э́то ру́чка.

        <u>чья</u> э́то кни́га.

5

一 單詞 ▶ MP3-256

ча́ща	陰 密林、叢林	библиоте́ка	陰 圖書館
ещё	副 還、再	компью́тер	陽 電腦
ищу́	未 （我）找，動詞 искáть第一人稱單數形式	ле́кция	陰 （大學）講課、講座
		конце́рт	陽 音樂會、歌舞會
зда́ние	中 樓房	не́бо	中 天空
познако́мьтесь	命 請認識一下	фильм	陽 電影
зуб	陽 牙齒	матрёшка	陰 俄羅斯娃娃
ка́сса	陰 收款處	пальто́	不變 中 大衣
рад	形 （用作謂語）高興的	сала́т	陽 沙拉
ряд	陽 排、列、行	стадио́н	陽 體育場
гита́ра	陰 吉他	рестора́н	陽 餐廳、飯店
хи́мия	陰 化學	дискоте́ка	陰 迪斯可舞會
откры́тка	陰 明信片		

⊙ 人名

Зи́на 濟娜（女）

Ники́та Михалко́в 尼基塔・米哈爾科夫（導演）

Алла Пугачёва 阿拉・普加喬娃（歌手）

⊙ 地名

Нил 尼羅河（埃及）　　　　Шанха́й 上海

二 語音 [總結]

1. 母音與子音

俄語中共有33個字母，表示42個音。有兩個不發音字母：硬音符號ъ和軟音符號ь。

母音字母有10個：а、о、у、э、ы、и、я、ё、ю、е，但母音只有6個：[а]、[о]、[у]、[э]、[ы]、[и]。

子音字母有21個：б、п、в、ф、д、т、з、с、г、к、х、м、н、л、р、ж、ш、ц、щ、ч、й。子音有36個。這些子音可以分為硬子音和軟子音。相對應的硬子音和軟子音有30個。

硬子音：[б]、[п]、[в]、[ф]、[д]、[т]、[з]、[с]、[г]、[к]、[х]、[л]、[м]、[н]、[р]

軟子音：[б']、[п']、[в']、[ф']、[д']、[т']、[з']、[с']、[г']、[к']、[х']、[л']、[м']、[н']、[р']

不成對的硬子音和軟子音共6個：

硬子音：[ж]、[ш]、[ц]（永遠發硬音）

軟子音：[щ']、[ч']、[й']（永遠發軟音）

俄語子音又可以分為無聲子音和有聲子音。發子音時聲帶不振動所發出的音叫無聲子音，聲帶振動所發出的音叫有聲子音。相對應的無聲有聲子音有22個。

無聲子音：[п]、[ф]、[т]、[с]、[к]、[ш]、[п']、[ф']、[т']、[с']、[к']

有聲子音：[б]、[в]、[д]、[з]、[г]、[ж]、[б']、[в']、[д']、[з']、[г']

不成對的無聲有聲子音共14個。

無聲子音：[х]、[х']、[ц]、[щ']、[ч']

有聲子音：[й']、[м]、[н]、[р]、[л]、[л']、[м']、[н']、[р']

2. 母音弱化

多數情況下，重讀音節的發音與書寫相同。例如：дом – [дом]。

非重讀母音比重讀音節發音弱而短。母音[a]和[o]在非重讀音節讀成短而弱的[a]，標音用（α）表示。如：máma [máмα]、вода́ [вαда́]；母音字母я、э、е在非重讀音節發近似[и]的音。如：сестра́ – [с'и]стра́、этáж – [и]тá[ш]。在硬子音ж、ш、ц之後非重讀的母音字母е讀成近似[ы]的音。如：жена́ – [жы]на́。

3. 子音的有聲化和無聲化

俄語裡無聲子音和有聲子音在一定條件下可以互相轉化。有聲子音在一定的語音位置上發成相對應的無聲子音，這種現象稱為無聲化。無聲子音在一定的語音位置上發成相對應的有聲子音，這種現象稱為有聲化。無聲化與有聲化的規律如下：

1) 位於詞末的有聲子音要發成相對應的無聲子音。例如：этáж – этá[ш]。如果詞末有兩個有聲子音相連時，它們同時都要無聲化。例如：мозг – мо[ск]。

2) 位於無聲子音之前的有聲子音要發相對應的無聲子音。例如：зáвтра – зá[ф]тра。

3) 位於有聲子音（л、м、н、р、в除外）之前的無聲子音要發相對應的有聲子音。例如：вокзáл – во[г]зáл。

4. 語調

調型1表示語義結束，常用於陳述句。調型1的特點是：調心前部用說話者平常的音調，調心上音調下降。調心後部繼續保持下降的音調。例如：Это мой друг.

調型2常用於帶疑問詞的疑問句。調型2的特點是：調心前部用說話者平常的音調。調心上音調略有下降（或略有提高），同時加強該詞的重音。調心後部用低於說話者平常的音調。例如：Кто э́то? 呼語也使用調型2。

調型3常用於沒有疑問詞的疑問句中。其特點是：調心前部用說話者平常的音調，調心上音調急劇提高。調心後部用低於說話者平常的音調。切勿在調心後部提高聲調！例如：Это Ви́ктор?

調型4常用於帶對比意義的疑問句。這種疑問句通常以對比連接詞a開頭。調型4的特點是：調心前部用說話者平常的音調，調心的母音由下降到平穩上升，調心後部繼續保持升上去的音調。

例如：А Антóн?

目 語法 [總結]

1. 名詞的性

俄語中所有的名詞都分屬於陽性、陰性或中性。

陽性	詞尾	陰性	詞尾	中性	詞尾
брат	硬子音	сестрá	-а	окнó	-о
словáрь	-ь	пéсня	-я	мóре	-е
музéй	-й	тетрáдь	-ь	упражнéние	-е

2. 名詞的數

名詞	複數	詞尾
студéнт	студéнты	硬子音加-ы
музéй	музéи	-й變-и
словáрь	словарú	-ь變-и
кóмната	кóмнаты	-а變-ы
семья́	сéмьи	-я變-и
тетрáдь	тетрáди	-ь變-и
письмó	пи́сьма	-о變-а
мóре	моря́	-е變-я

說明：

1) 名詞構成複數形式時在子音г、к、х、ж、ч、ш、щ後不寫-ы，寫-и。例如：
   врач – врачú、товáрищ – товáрищи、этáж – этажú、кни́га – кни́ги、рýчка – рýчки等。
2) 某些陽性名詞複數詞尾是-а。例如：
   дом – домá、гóрод – городá、глаз – глазá等。
3) 某些陽性、中性名詞複數形式特殊，要逐一記住。例如：
   брат – брáтья、друг – друзья́、стул – стýлья、человéк – лю́ди、ребёнок – дéти等。
4) 專有名詞（Шанхáй、Москвá）、物質名詞（рис、молокó）、抽象名詞和集合名詞
   （óбувь、мýзыка）等一般沒有複數。
5) 某些名詞只有複數。例如：часы́等。
6) 某些外來詞不變化。例如：фóто、кафé等。

3. 代詞

學過的代詞有：

人稱代詞：я、ты、он、она́、оно́、мы、вы、они́

物主代詞：мой (моя, моё, мои) 、твой (твоя, твоё, твои) 、наш (на́ша, на́ше, на́ши) 、ваш (ва́ша, ва́ше, ва́ши) 、его́, её, их

疑問代詞：кто、что、чей (чья, чьё, чьи) 、когда́、как

四 參考譯文

頁80：8а

— 維克多，這是誰？

— 這是我的朋友。

— 他叫什麼名字？

— 伊萬。

— 那這位？這是你姊姊嗎？

— 是的，是我姊姊。

— 請問，這附近的銀行在什麼地方？

— 看，這就是。

— 是在右邊嗎？

— 是的，銀行在右邊。

— 謝謝。

頁81：8б

— 伊拉，這是誰？

— 這是我朋友（女）。

— 她叫什麼名字？

— 她叫安娜。

— 那這位呢？這是妳的父親？

— 不，這是我的爺爺。

朋友
兄弟
姊妹

— 請問，教室在哪裡？

— 教室？在這裡。

— 那圖書館呢？

— 圖書館在那裡，在左邊。

— 謝謝。

飯店
銀行

— 安娜・伊萬諾夫娜，這是什麼地方？

— 這是紅場。

— 那裡呢？那裡是什麼地方？

— 那裡是克里姆林宮。

大劇院
馬戲場

— 請問，什麼時候參觀？
— 明天早晨。
— 什麼時候？早晨？
— 是的，早晨。
— 謝謝。

上課
講座
音樂會

頁89：2a

看，這是房間。桌子在這裡，在右邊。櫃子和長沙發在那裡，也在右邊。左邊是窗。看，這裡有台電視機。它也在左邊。

頁90：5

範例：
— 請問，這是什麼？
— 這是帽子。
— 請拿給我看看。
— 請看。
— 謝謝。

頁91：6a

　　這是地圖。請看，這是我們的城市。這是市中心。這裡有博物館、劇院、旅館、商店、飯店。

　　這就是我們的街道。請看，左邊有公園、體育場、診所，右邊有大學、圖書館、馬戲場。而在那邊是我住的房子，這裡是我的學校。

頁93：1a

1. — 您好，我是安東。請問，安娜在家嗎？
　— 在，在家。
　— 請叫一下她。
　— 稍等。

2. — 安娜，妳知道講座在什麼時候嗎？
　— 不，我不知道。維克多知道。
　— 謝謝。

3. — 維克多，你好！我是伊萬。請問，講座在什麼時候？
　— 講座在明天上午。
　— 謝謝。

頁93：2a

　　讓我們來認識一下。我叫安娜。我是大學生。我的故鄉是莫斯科。

　　而這是我們全家。這就是我的父母。這是我媽媽。她叫阿拉‧伊萬諾夫娜。她是經濟學家。而這是我爸爸。他叫尼古拉‧彼得洛維奇。我爸爸是教師。現在我們全家都在家。

五 練習題參考答案

頁79：6а

' _ : э́то, за́втрак, де́ньги

_ ' : эта́ж, сестра́, оте́ц, теа́тр, метро́, проспе́кт, сейча́с, жена́

' _ _ : ба́бушка, здра́вствуйте

_ ' _ : уче́бник, столи́ца, откры́тка, ребёнок, сего́дня, компью́тер

_ _ ' : хорошо́, каранда́ш, магази́н, инжене́р, телефо́н

頁80：6б

_ ' _ _ : пожа́луйста, гости́ница, экску́рсия

_ _ ' _ : телеви́зор

_ _ _ ' : экономи́ст, кинотеа́тр

頁80：6в

_ _ ' _ _ : поликли́ника, общежи́тие, до свида́ния, упражне́ние

_ _ _ ' _ : преподава́тель, библиоте́ка

_ _ _ ' _ : аудито́рия

頁82：9а

а или **о**: г**о**сти́ница, пр**о**спе́кт, **о**ткры́тка, **о**бщежи́тие, п**о**жа́луйста, х**о**рошо́, мо́жн**о**, спра́в**а**, м**а**гази́н, стр**а**на́

е или **и**: м**е**тро́, т**е**а́тр, т**е**тра́дь, инж**е**не́р, пр**е**подава́тель, с**е**стра́, с**е**йча́с, с**е**мья́, п**и**сьмо́, пол**и**кли́ника

д или **т**: го́ро**д**, заво́**д**, са**д**, обе́**д**, пло́ща**д**ь, тетра́**д**ь, бра**т**, конве́р**т**

ж или **ш**: эта́**ж**, но**ж**, каранда́**ш**

в или **ф**: за́**в**тра, вы́ста**в**ка, а**в**то́бус

頁82：9б

Познако́м**ь**тесь. Это мой б**р**ат. Его́ зову́т Анто́н. Он студе́н**т**. А э́то его́ дру**г** Ива́н. Он жу**р**нали́ст. Я, Ива́н и Анто́н – друз**ь**я́.

頁83：2а

библиоте́ка – кни́га

теа́тр – биле́т

банк – де́ньги

поликли́ника – врач

гара́ж – маши́на

альбо́м – фо́то

конве́рт – а́дрес

университе́т – студе́нт

頁83：3a

шко́ла – шко́льник, сло́во – слова́рь, роди́тели – ро́дина, журна́л – журнали́ст, стол – столо́вая, дом – домохозя́йка, спорт – спортсме́н

頁84：4a

клуб, кни́га, уче́бник, слова́рь, письмо́, го́род, метро́, теа́тр, окно́, маши́на

縦行：библиоте́ка

頁84：4б

1. ша́пка   2. ру́чка   3. маши́на   4. слова́рь   5. теа́тр   6. метро́

縦行：приве́т

頁84：4в

сыр, ры́ба, а́дрес, страна́, авто́бус, семья́, я́блоко

頁85：1

он	она́	оно́
банк, слова́рь, музе́й, дом, гара́ж, магази́н, чай, уче́бник, трамва́й, челове́к, биле́т, врач, фильм, сала́т	по́чта, ча́шка, тётя, дочь, маши́на, пло́щадь, аудито́рия, семья́, пе́сня, де́вушка, карти́на, матрёшка, столо́вая	общежи́тие, мо́ре, метро́, кино́, не́бо, пальто́, ме́сто, упражне́ние

頁85：2a

— Анто́н, э́то твой слова́рь?
— Да, мой.

— Анна Ива́новна, э́то ва́ша кни́га?
— Нет, не моя́.

— Ива́н, э́то твои́ ру́чки?
— Нет, не мои́.

— Ви́ктор Ива́нович, э́то ва́ши часы́?
— Коне́чно, мои́.

— Ира, э́то ва́ша аудито́рия?
— Да, на́ша.

頁85：2б

— Ви́ктор, чей э́то биле́т?
— Мой.

— Еле́на Ива́новна, чьё э́то письмо́?
— Я не зна́ю, чьё э́то письмо́.

— Анна, <u>чьи</u> э́то тетра́ди? Твои́?
— Нет, э́то твои́ тетра́ди.

— Ира, ты зна́ешь, <u>чья</u> э́то су́мка?
— Моя́.

頁87：4в

— Анто́н зна́ет, где теа́тр?
— Да. Анто́н зна́ет, где теа́тр.

— Анна зна́ет, кто он?
— Нет, Анна не зна́ет, кто он.

— Ты не зна́ешь, когда́ уро́к?
— Нет, я не зна́ю, когда́ уро́к.

— Они́ зна́ют, чья́ э́то маши́на?
— Да, они́ зна́ют, чья́ э́то маши́на.

— Вы зна́ете, как её зову́т?
— Да, мы зна́ем, как её зову́т.

頁87：6б

-ы	-и	-а	-я
ла́мпы, авто́бусы бу́квы, стра́ны, столы́, расска́зы, заво́ды, гру́ппы, институ́ты	ба́нки, я́блоки, ша́пки, ру́чки, словари́, кни́ги, музе́и, пло́щади, экску́рсии, ве́щи, аудито́рии, лю́ди	дома́, о́кна, места́, слова́, глаза́	сту́лья, моря́, упражне́ния, общежи́тия, друзья́, бра́тья

頁90：3

— Скажи́те, кто э́то?
— Это моя́ подру́га.
— Кто она́? Студе́нтка?
— Нет, она́ не студе́нтка. Она́ уже́ врач.

— Скажи́те, пожа́луйста, где магази́н «Кни́ги»?
— Вот он, спра́ва.
— Спаси́бо.
— Пожа́луйста.

— Экску́рсия сего́дня?
— Нет, за́втра.
— Когда́?
— Утром.

— Это твой оте́ц?
— Да.
— Кто он?
— Он инжене́р.
— Мой брат то́же инжене́р.

— Анна, чья́ э́то ру́чка?
— Моя́.
— Дай, пожа́луйста.
— Пожа́луйста.

— Ви́ктор, э́то твоё фо́то?
— Да, моё.
— Покажи́, пожа́луйста.

頁90：4а

— Здра́вствуйте!
— Здра́вствуйте!

— Извини́те.
— Ничего́.

— Спаси́бо.
— Пожа́луйста.

— Мо́жно?
— Пожа́луйста.

— До свида́ния.
— До свида́ния.

頁90：4б

— Как дела́?
— Спаси́бо, хорошо́.

— Пока́!
— Пока́!

— Анна до́ма?
— Да, до́ма.

— Позови́те, пожа́луйста, Анну.
— Сейча́с, мину́ту.

УРОК 7 第七課

一 單詞 ▶ MP3-257

нра́виться (нра́вится, нра́вятся)	未	（討……）喜歡、合意、中意
пять	數	五
пятна́дцать	數	十五
четы́ре	數	四
шесть	數	六
семь	數	七
во́семь	數	八
де́вять	數	九
де́сять	數	十
оди́ннадцать	數	十一
двена́дцать	數	十二
трина́дцать	數	十三
четы́рнадцать	數	十四
шестна́дцать	數	十六
семна́дцать	數	十七
восемна́дцать	數	十八
девятна́дцать	數	十九
два́дцать	數	二十
три́дцать	數	三十
со́рок	數	四十
пятьдеся́т	數	五十
шестьдеся́т	數	六十
се́мьдесят	數	七十
во́семьдесят	數	八十
девяно́сто	數	九十
две́сти	數	二百
три́ста	數	三百
како́й, -а́я, -о́е, -и́е	代	什麼樣的、哪一個
ста́рый	形	老的、舊的

ру́сский	形	俄羅斯的
но́вый	形	新的
вели́кий	形	偉大的
кита́йский	形	中國的、中國人的
ма́ленький	形	小的
си́ний	形	藍色的
хоро́ший	形	好的
большо́й	形	大的
интере́сный	形	有意思的、有趣的
рома́н	陽	長篇小説
плохо́й	形	不好的
молодо́й	形	年輕的
краси́вый	形	漂亮的
дорого́й	形	親愛的、貴的
дешёвый	形	便宜的
оде́жда	陰	衣服、服裝
ста́нция	陰	（火車、地鐵）站
ско́лько	代 副	多少
сто́ит（сто́ят）	未	（它的）價值是、值
рубль	陽	盧布（俄幣）
э́тот (э́та, э́то, э́ти)	代	這、這個
са́мый	代	最
тёплый	形	暖和的、溫暖的
спорт	陽	運動
сувени́р	陽	紀念品
популя́рный	形	普及的、受歡迎的
изве́стный	形	著名的
мне	代	（я的第三格形式）
тебе́	代	（ты的第三格形式）

вам	代（вы的第三格形式）	мя́со	中 肉、肉類
шокола́дный	形 巧克力的	пти́ца	陰 鳥、禽
война́	陰 戰爭	карто́шка	陰 馬鈴薯
мир	陽 和平	со́лнце	中 太陽、太陽光
мо́да	陰 時髦	ду́мать	未 想、思考、認為
стихи́	複 詩歌	почему́	副 為什麼
ку́ртка	陰（男式）上衣、短夾克	потому́ что	連 因為
		стенгазе́та	陰 壁報
джи́нсы	複 牛仔褲	верниса́ж	陽 畫展預展、畫展開幕日
перча́тки	複 手套		
брю́ки	複 褲子	портре́т	陽 肖像
боти́нки	複（皮）鞋	пейза́ж	陽 風景畫
хлеб	陽 麵包	широ́кий	形 寬闊的
бе́лый	形 白色的	совреме́нный	形 現代的、當代的
кра́сный	形 紅色的	пе́рвый	數 第一
ру́сско-кита́йский	形 俄漢的	любо́вь	陰 愛、愛情
москви́ч	陽 莫斯科人	ро́дина	陰 祖國、家鄉
изве́стие	中 通知、消息	тури́ст	陽 旅行者
ма́рка	陰 郵票	ладо́нь	陰 手掌
календа́рь	陽 日曆	как на ладо́ни	一清二楚、瞭若指掌、一覽無餘
кита́йско-ру́сский	陽 漢俄的		
пи́шем	未（我們）寫，動詞 писа́ть第一人稱複數形式	Дава́й пойдём.	我們走吧。
		повтори́	命 請重複一遍、請再説一遍
пра́вильно	副 正確地	до за́втра	明天見
меню́	不變 中 菜單		

◉ 人名

Че́хов 契訶夫（俄作家）

Лю Кун 劉空

◉ 地名

Смоле́нск 斯摩棱斯克

Ки́евский вокза́л 基輔車站

Истори́ческий музе́й 歷史博物館

Алекса́ндровский сад 亞歷山大花園

Вели́кая Кита́йская стена́ 萬里長城

Тверска́я у́лица 特維爾大街

Вене́ция 威尼斯

語音

字母я在非重讀音節的弱化

я在非重讀音節要弱化，讀成近似短的[и]音。例如：пя(п'и)тна́дцать。

語法

1. 形容詞的性、數變化及其用法

俄語形容詞有特殊的詞尾形式，並有性、數的變化。如下表：

	硬變化		軟變化	
陽性	но́в ый	ма́леньк ий	си́н ий	хоро́ш ий
陰性	но́в ая	ма́леньк ая	си́н яя	хоро́ш ая
中性	но́в ое	ма́леньк ое	си́н ее	хоро́ш ее
複數	но́в ые	ма́леньк ие	си́н ие	хоро́ш ие

（注）：

1) 詞尾前以硬子音結尾的形容詞屬於硬變化，其詞尾為-ый（帶重音為-ой）、-ая、-ое、-ые。

2) 以-ний結尾的形容詞屬於軟變化，其詞尾為-ий、-яя、-ее、-ие。

3) 詞尾前以г、к、х結尾的形容詞屬於硬變化，但不寫-ы，寫-и，如ма́ленький。

4) 詞尾前以ж、ч、ш、щ結尾的形容詞多屬軟變化，如хоро́ший。

　　形容詞在句中常常作定語，與它修飾的名詞在語法形式上保持一致。

2. 複合式形容詞最高級

　　複合式形容詞最高級是在原形容詞前加代詞са́мый構成。例如：са́мый интере́сный рома́н（最有趣的小説）、са́мая дорога́я кни́га（最貴的書）等等。複合式形容詞最高級與被説明的名詞在性、數上一致，在句中通常作一致定語或謂語。

3. 指示代詞的性和數

　　指示代詞э́тот也有性和數的變化，和名詞連用時要和名詞在性、數形式上一致。例如：э́тот дом（這座房子）、э́ти дома́（這些房子）、э́та ко́мната（這個房間）、э́ти ко́мнаты（這些房間）等。

單數	陽性	э́тот (студе́нт)
	陰性	э́та (студе́нтка)
	中性	э́то (письмо́)
複數		э́ти (студе́нты, пи́сьма)

7

指示代詞 э́тот 説明名詞時相當於中文中的「這個」、「這位」等。例如：Это письмо́ моё.（這封信是我的。）、Эта де́вушка краси́вая.（這位姑娘很漂亮。）

指示代詞的中性形式 э́то 還可用作名詞，籠統地指人、物或事，意思是「這」，在句中可作主語。例如：Это мой уче́бник.（這是我的教科書。）

比較：

Эта кни́га моя́. 這本書是我的。

Это моя́ кни́га. 這是我的書。

四 句型

1. Мне (не) нра́вится... 我（不）喜歡……

在表達對某人或某物的態度時，可以使用「Мне нра́вится...」（我喜歡……）或「Мне не нра́вится...」（我不喜歡……）這種結構。詢問時使用「Вам нра́вится...?」（您喜歡……嗎？）或「Тебе́ нра́вится...?」（你喜歡……嗎？）結構。如：

Мне нра́вится э́та кни́га. 我喜歡這本書。

Мне не нра́вятся э́ти карандаши́. 我不喜歡這些鉛筆。

Вам нра́вится рома́н «Война́ и мир»? 您喜歡小説《戰爭與和平》嗎？

2. Ско́лько сто́ит (сто́ят)...? ……多少錢？

在詢問關於物品的價錢時，使用帶「Ско́лько сто́ит...?」（如果物品是單數）或「Ско́лько сто́ят...?」（如果物品是複數）的結構。在這種結構中也可以使用指示代詞 э́тот。如：

Ско́лько сто́ит э́тот зонт? 這把傘多少錢？

Ско́лько сто́ят э́ти карандаши́? 這些鉛筆多少錢？

3. Я ду́маю, что... 我認為……

該句型用於表達對某人或某事的看法。如：

Я ду́маю, что сего́дня хоро́шая пого́да. 我覺得今天是個好天氣。

Я ду́маю, что Ива́н – хоро́ший журнали́ст. 我認為伊萬是名優秀的記者。

4. ..., потому́ что... ……，因為……

該句型用於説明行為的原因，問句使用帶有疑問副詞 почему́（為什麼）的結構。如：

— Почему́ вы ду́маете, что Ива́н – хоро́ший журнали́ст? 您為什麼認為伊萬是名優秀的記者？

— Потому́ что его́ статьи́ о́чень интере́сные. 因為他的文章非常有趣。

口語對話中可以使用連接詞 потому́ что 直接闡述原因，但在正文中，потому́ что 不能位於句首。如：

Мне нра́вится Петербу́рг, потому́ что э́то мой родно́й го́род.

我喜歡彼得堡，因為這是我的故鄉。

五 參考譯文

頁96：1

— 維克多，你知道這是誰嗎？
— 知道。這是我們經理。
— 他叫什麼名字？
— 伊萬·伊萬諾維奇。

— 安東，你好！最近好嗎？
— 謝謝。很好。（謝謝，不太好。）

— 安東，這是你的朋友嗎？
— 是的。
— 那他是做什麼工作的？
— 他是新聞記者。
— 他叫什麼名字？
— 伊萬。

— 伊萬，你知道郵局在哪裡嗎？
— 郵局？不，不知道。

— 請問，這是《莫斯科》雜誌嗎？
— 是的。
— 請給我一本。

頁105：8a

— 請問，這是什麼？
— 這是雜誌《運動》、《莫斯科》和《中國》[1]。
— 哪本雜誌最有趣呢？
— 這本。《運動》雜誌。

— 請問，這是什麼？
— 這是俄羅斯紀念品——俄羅斯娃娃。
— 哪個俄羅斯娃娃最便宜？
— 這個小俄羅斯娃娃最便宜。

— 請問，這是什麼？是大衣嗎？
— 是的，這是大衣。
— 哪件大衣最暖和？
— 這件藍色的大衣最暖和。

— 這是鐘嗎？請拿給我看看。
— 請看。
— 哪個鐘最好？
— 這個鐘，左邊這個。

———————————————
1 又譯《人民畫報》。

頁106：9

— 您喜歡什麼樣的電視？
— 我喜歡這台大電視。

— 您喜歡什麼樣的包包？
— 我喜歡這個小包包。

— 您喜歡什麼樣的冰淇淋？
— 我喜歡這種巧克力冰淇淋。

— 您喜歡什麼樣的紀念品？
— 我喜歡這些俄羅斯紀念品。

頁106：10a

範例：
我（不）喜歡這台老電視。

頁107：10б

範例：
— 你喜歡這個大的鐘嗎？
— 是的，我喜歡這個鐘。（不，我不喜歡這個鐘。它太大了。）

頁107：11

範例：
— 您喜歡俄羅斯小說《戰爭與和平》嗎？
— 是的，我喜歡這部小說。

頁107：12

範例：
— 您喜歡什麼樣的圍巾？
— 我喜歡這條新圍巾。

頁108：13

— 麵包多少錢？
— 哪一種？白的？
— 白的。
— 7盧布。／白麵包7盧布。

— 魚多少錢？
— 哪一種？紅色的？
— 是的，這種紅色的魚[2]。
— 45盧布。／魚45盧布。

---

2 「紅色的」指魚肉是紅色的，也可譯作上等魚。

範例：

— 請問，這是俄漢辭典嗎？

— 是的。

— 這本大辭典多少錢？

— 150盧布。

— 請給我看看。

看，這是商店。這裡有很多書，有教科書、辭典和練習本。那裡是明信片和紀念品。

— 請問，這是教科書嗎？	雜誌
— 不，這是《莫斯科和莫斯科人》，一般圖	《運動》
書。	《首都》
— 有趣嗎？	
— 是的，很有趣。	
— 這本書多少錢？	報紙
— 140盧布。	《今日報》
— 噢，太貴了。謝謝。	《消息報》
— 請給我看看明信片。	紀念品
— 這就是，請看。	俄羅斯娃娃
— 這上面是莫斯科嗎？	
— 是的，當然了。	
— 我喜歡這些明信片。它們多少錢？	
— 50盧布。	
— 請拿給我。	
— 這邊是鋼筆和鉛筆。	信封和郵票
— 我喜歡這支鋼筆和這支鉛筆。請拿給我看	教科書和辭典
看。	練習本和日曆
— 請看。	
— 它們多少錢？	
— 鋼筆是34盧布，而鉛筆是11盧布。	
— 噢，45盧布。好的，請拿給我。	

這是我們的圖書館。上午和下午大學生來這裡。這裡有各式各樣的書。右邊是教科書和辭典。而
左邊是報紙和雜誌。

— 您好！
— 您好！
— 這是《俄語課本》嗎？
— 是的。
— 請拿給我看看。
— 請問，您叫什麼名字？
— 我叫王玲。
— 您的班級？
— 18班。
— 這是您要的教科書。
— 謝謝。

俄漢辭典
漢俄辭典

新雜誌《俄語》
教科書《讓我們正確書寫》

頁110：15в

這是我們的食堂。現在是午休時間。這裡用餐的有大學生和老師們。看，這就是菜單。您喜歡什麼呢？

— 請問，這是魚還是肉？
— 這是魚。
— 我喜歡這種魚，沙拉和果汁。請拿給我。
— 這是您點的魚、沙拉和果汁。
— 我的午餐多少錢？
— 30盧布。
— 好的，謝謝。

菜單	
沙拉	馬鈴薯
乳酪	湯
肉	麵包
雞肉	茶
魚	咖啡
米飯	果汁、水

頁111

— 我覺得，今天是個好天氣。
— 為什麼？
— 因為今天有太陽。

— 您認為伊萬是個好記者嗎？
— 是的，我認為伊萬是個好的記者。
— 您為什麼這麼認為？
— 因為他的文章非常有趣。

— 維克多，您為什麼喜歡彼得堡？
— 我喜歡彼得堡是因為這是我的故鄉。

頁112：17a

這是伊斯梅洛夫斯基公園。這是古老的莫斯科公園。
現在正在辦展覽（畫展）。展出的有紀念品、書籍、畫和俄羅斯娃娃。

1)
— 你知道，這是什麼嗎？
— 知道。這是俄羅斯娃娃。
— 非常漂亮。我喜歡這些俄羅斯娃娃。
— 我也很喜歡。

2)
— 請問，這些俄羅斯娃娃多少錢？
— 哪種？
— 就是這些。
— 100盧布。
— 請拿給我看看。

3)
— 我很喜歡這個俄羅斯娃娃。它非常漂亮。
　 請給我一個。這是100盧布。
— 請拿好。

4)
— 你知道這是什麼歌曲嗎？
— 知道。這是首老歌《畫展》。
— 歌真好聽。我喜歡。
— 我也喜歡這首歌。裡面的歌詞很好，很
　 美：
　 『啊，畫展！啊，畫展！
　 多麼美的肖像畫，多麼美的風景畫！
　 這是冬日的傍晚，夏日的酷熱，
　 而這是春天的威尼斯……』

頁113：19a

　　我叫伊萬。我是莫斯科人。我很喜歡莫斯科。這是一座又大又美麗的城市。這裡有克里姆林宮和紅場，還有亞歷山大花園和大劇院。我覺得，大家都知道這座著名的城市。

　　莫斯科是我的故鄉。這裡有我住的樓房和我的家人。我住的街道是老阿爾巴特街。這裡有我的學校、我的啟蒙老師和我的初戀。這是我的家鄉。

　　莫斯科是首都。這裡有寬闊的街道和大街、美麗的舊樓和新房、現代化的旅館和銀行、商店和餐廳。

　　現在我是一名大學生。莫斯科大學是我求學的學校。這裡有我的朋友們。我喜歡莫大的主樓和那個又大又老的公園。不管是清晨，還是傍晚，這裡總是聚集著大學生、旅行者和莫斯科人，因為這是個非常美麗的地方。在這裡莫斯科一覽無餘。

> 莫斯科一覽無餘。

頁114：196

範例：

1) — 請問，這是什麼地方？
　　 — 這是紅場。

2) — 請問，這是哪個廣場？
　　 — 這是紅場。

3) — 這是紅場嗎？
　　 — 是的，這是紅場。

頁115：21a

劉空： 喂，維克多，你好！我是劉空。

維克多： 你好，劉空。

劉空： 最近好嗎？

維克多： 謝謝，還好。

劉空： 你知道明天有參觀嗎？

維克多： 什麼參觀？

劉空： 去參觀莫斯科的克里姆林宮和紅場。

維克多： 是的，知道，是在晚上。

劉空： 那你知道這次參觀要多少錢嗎？

維克多： 15盧布。

劉空： 多少？請再說一遍。

維克多： 15盧布。

劉空： 那你覺得這次參觀貴嗎？

維克多： 我覺得不貴，因為這次參觀時間很長也很有趣。莫斯科克里姆林宮很大。那裡的老建築很漂亮。

劉空： 那樣的話，這是一次不貴的、時間長而且有趣的參觀。好的，我們一起去吧。

維克多： 當然了，一起去！明天見！

劉空： 明天見。

> （請）重複一遍！
> 我們一起去吧！
> 明天見！

六 練習題參考答案

頁96：2

— Здра́вствуйте!
— Здра́вствуйте!

— Как вас зову́т?
— Меня́ зову́т Ива́н Ива́нович.

— Мо́жно?
— Пожа́луйста.

— Как дела́?
— Спаси́бо, хорошо́.

— Вы зна́ете, где метро́?
— Метро́? Нет, не зна́ю. (Да, зна́ю, метро́ там.)

— Извини́те!   — Спаси́бо!   — Вы зна́ете, кто э́то?

— Ничего́!   — Пожа́луйста.   — Э́то мой брат.

— А кто он?

— Он журнали́ст.

— Вы не зна́ете, когда́ экску́рсия?

— За́втра у́тром.

頁116：2

а) — Почему́ тебе́ нра́вятся э́ти стихи́?

     — Мне нра́вятся э́ти стихи́, потому́ что э́то краси́вые стихи́.

     — Ско́лько сто́ит э́та кни́га?

     — Э́та кни́га сто́ит 20 рубле́й.

     — Скажи́те, пожа́луйста, ско́лько сто́ят э́ти очки́?

     — Я не зна́ю, ско́лько сто́ят э́ти очки́.

     — Тебе́ нра́вится ру́сский язы́к?

     — Да, мне нра́вится ру́сский язы́к.

     — Тебе́ нра́вится э́тот фильм?

     — Нет, мне не нра́вится э́тот фильм.

б) — Ты зна́ешь, что за́втра уро́к?

     — Да, я зна́ю.

     — Как вы ду́маете, сего́дня хо́лодно?

     — Я ду́маю, сего́дня не хо́лодно (хо́лодно).

     — Как вы ду́маете, Москва́ – краси́вый го́род?

     — Я ду́маю, что Москва́ – краси́вый го́род.

頁116：3

Мне нра́вится э́то фо́то, потому́ что оно́ краси́вое.

Мне не нра́вится э́то фо́то, потому́ что оно́ не краси́вое.

Как вы ду́маете, Пеки́н – краси́вый го́род?

Вы зна́ете, что за́втра экску́рсия?

УРОК 8 第八課

一 單詞 ▶ MP3-258

американский	形 美國的	фотогра́фия	陰 照片
фотоаппара́т	陽 照相機	футбо́л	陽 足球
чита́ть	未 讀、閱讀	те́ннис	陽 網球
прочита́ть	完 讀、閱讀	пинг-по́нг	陽 乒乓球
де́лать	未 做	ша́хматы	複 象棋
рабо́тать	未 工作	баскетбо́л	陽 籃球
отдыха́ть	未 休息	дома́шний	形 家庭的
гуля́ть	未 散步	зада́ние	中 作業
игра́ть	未 玩耍、遊戲、體育比賽	хокке́й	陽 冰球（冰上曲棍球）
обе́дать	未 吃午餐	цветы́	複 花
сберба́нк	陽 儲蓄銀行	о́сень	陰 秋天
ко́смос	陽 宇宙	лист	陽 （複數為ли́стья）葉子
давно́	副 很早以前、早就	зелёный	形 綠色的
но́чью	副 （在）夜裡	жёлтый	形 黃色的
иногда́	副 有時、有時候	симпати́чный	形 討人喜歡的、可愛的
университе́тский	形 大學的	звони́т	未 （他、她）打電話給……，動詞звони́ть第三人稱單數形式
писа́ть	未 寫		
понима́ть	未 懂、明白	идёт	未 （他、她）走，動詞идти́第三人稱單數形式
по-ру́сски	副 用俄語		
по-кита́йски	副 用中文	лю́бит	未 （他、她）喜歡，動詞люби́ть第三人稱單數形式
по-англи́йски	副 用英語		
по-францу́зски	副 用法語		
зна́чит	未 意謂著、就是說，動詞зна́чить第三人稱單數形式	кры́ша	陰 房頂、屋頂
		в	前 （六格）在……裡；（四格）去……裡、到……中
немно́го	副 稍許、不多		
непло́хо	副 不錯、不壞	пря́мо	副 直、直接
иностра́нка	陰 （女）外國人	ря́дом	副 在旁邊
иностра́нец	陽 外國人	нигде́	副 什麼地方都（沒有、不）
продаве́ц	陽 售貨員		

фи́рма	陰 公司、商行		чёрный	形 黑色的
за́втракать	未 吃早餐		Макдо́налдс	麥當勞速食店
у́жинать	未 吃晚餐		да́льше	副 稍遠些
арти́ст	陽 演員		ГУМ	國立百貨商店
слу́жащий	陽 職員		находи́ться (нахо́дится, нахо́дятся)	
жить	未 居住、生活			未 位於
дере́вня	陰 農村		прибалти́йский	形 波羅的海沿岸的
кварти́ра	陰 住宅		встре́ча	陰 相遇、會面
кафе́	不變 中 咖啡館		обы́чно	副 通常、平時

◉ 人名

Ната́ша 娜塔莎（女）		Гага́рин 加加林
Никола́й 尼古拉（男）		Пу́шкин 普希金
Ма Лин 馬凌		

◉ 地名

Англия 英國		Нью-Йо́рк 紐約
Аме́рика 美國		Ло́ндон 倫敦
Фра́нция 法國		Пари́ж 巴黎
Су́здаль 蘇茲達里		Новосиби́рск 新西伯利亞
Сиби́рь 西伯利亞		Нева́ 涅瓦河
Ирку́тск 伊爾庫茨克		Эрмита́ж 艾爾米塔什博物館

8

二 語音

1. 調型5

```
ИК-5
 ⁻  ╱  ⁻ ⁻   ╲
Како́е  си́нее  не́бо!
```

調型5有兩個調心，調心前用説話者的中調，第一個調心的母音上音調上升，重讀音節拖長。第二個調心上的母音音調下降。兩個調心之間的音調高於調心前部。調心後部繼續保持下降的音調。

調型5一般用於帶有как、како́й、ско́лько等詞開頭的感嘆句中，表示對事物的評價，有鮮明的感情色彩，多表示讚賞。例如：Кака́я краси́вая де́вушка!（多漂亮的姑娘啊！）

2. 前置詞в與後面單詞的連讀

前置詞в與後面的詞一般要連讀。在前置詞в與後面單詞的交界處遇到無聲子音時，[в]要發生無聲化發[ф]，如：в[ф] шко́ле。如果與前置詞в相連的詞以母音[и]開頭，連讀時[и]要發成[ы]，如：в и[ы]нститу́те。

目 語法

1. 動詞的體和時

　　俄語動詞有完成體（совершéнный вид）和未完成體（несовершéнный вид）之分。多數動詞都同時具有完成體和未完成體兩種對應的形式。例如：читáть（未）– прочитáть（完）。「時」也是動詞重要的語法範疇，表示動作和時間的關係。通常以説話時刻作為確定動作時間的標準。未完成體動詞具有三種時間形式：現在時、過去時和將來時；完成體動詞只有過去時和將來時，沒有現在時形式。

	читáть（未完成體）	прочитáть（完成體）
將來時	(я) бýду читáть	(я) прочитáю
現在時	(я) читáю	—
過去時	(я) читáл	(я) прочитáл

2. 動詞的現在時

1) 未完成體的變位形式就是其現在時形式。

2) 意義：動詞現在時表示説話時刻正在進行或經常進行的行為或狀態。例如：

　　— Что ты дéлаешь? 你正在做什麼？

　　— Я читáю. 我正在讀書。

3. 動詞命令式（2）

　　命令式是動詞的一種形式，它表示命令、請求、建議和促使別人進行某種行為。命令式主要形式是第二人稱形式，有單數和複數之分。

1) 動詞第二人稱命令式的構成

　　單數第二人稱命令式由未完成體動詞現在時或完成體動詞將來時複數第三人稱形式去掉詞尾，再加上命令式結尾（-й、-и、-ь）而構成。在單數第二人稱命令式之後，加上-те就成為複數第二人稱命令式。

　　動詞第二人稱命令式的主要形式如下：

詞幹特點	構成	重音	範例
1. 如果動詞複數第三人稱詞尾前是母音字母，如：чита́(ют)、гуля́(ют)、ду́ма(ют)	以-й(те)結尾	若重音原來在詞幹，則構成命令式時保持不變；若在詞尾，則移至-й的前一音節	чита́ть – чита́й(те) гуля́ть – гуля́й(те) ду́мать – ду́май(те) стоя́ть – сто́й(те)
2. 如果單數第一人稱的重音在詞尾，詞尾前是子音，如：пи́ш(ут) – пишу́	以-и(те)結尾	重音在-и上	писа́ть – пиши́(те) сказа́ть – скажи́(те)
3. 如果單數第一人稱的重音在詞幹，詞尾前也是子音，如：бу́д(ут) – бу́ду	以-ь(те)結尾	重音仍在詞幹上	бы́ть – бу́дут – бу́дь(те)
4. 詞幹以兩個以上子音結尾，重音在詞幹上，如：продо́лж(ат) – продо́лжу	以-и(те)結尾	重音仍在詞幹上	продо́лжить – продо́лжи(те)

（注）：某些動詞的第二人稱命令式構成方法比較特殊，請參見其他語法參考書。

2) 動詞第二人稱命令式的用法

① 當命令、請求、建議、勸告的對方是一人時，用第二人稱命令式的單數形式。如：Са́ша, чита́й.（薩沙，請讀。）

② 當命令、請求或建議的對方是兩人或兩人以上時，或對方雖為一個人，但為了表示禮貌，則用複數形式。如：Скажи́те, пожа́луйста, как попа́сть на вокза́л.（請問，去車站怎麼走。）

8

4. 名詞格的概念

俄語名詞有六個格的變化，名詞單數變格的基本規律如下表：

單數名詞的變格				
	例句	陽性	陰性	中性
第一格	Это... 這是……	брат парк	сестра́ у́лица	общежи́тие
第二格	Здесь нет... 這裡沒有……	бра́та па́рка	сестры́ у́лицы	общежи́тия
第三格	Анна звони́т... 安娜打電話給…… Анна идёт... 安娜去……	бра́ту по па́рку	сестре́ по у́лице	 по общежи́тию
第四格	Анна лю́бит... 安娜喜歡……	бра́та парк	сестру́ у́лицу	общежи́тие
第五格	Анна живёт ря́дом... 安娜住在……旁邊	с бра́том с па́рком	с сестро́й с у́лицей	 с общежи́тием
第六格	Анна ду́мает... 安娜想…… Анна была́... 安娜去過……	о бра́те в па́рке	о сестре́ на у́лице	об общежи́тии в общежи́тии

5. 名詞單數第六格

	что?	где?	結尾
陽性	Петербу́рг Кита́й слова́рь	в Петербу́рге в Кита́е в словаре́	加-е -й變-е -ь變-е
陰性	Москва́ дере́вня Росси́я пло́щадь	в Москве́ в дере́вне в Росси́и на пло́щади	-а變-е -я變-е -ия變-ии -ь變-и
中性	письмо́ мо́ре общежи́тие	в письме́ в мо́ре в общежи́тии	-о變-е -е不變 -ие變-ии

名詞的單數第六格詞尾一般為-е，但以-ь結尾的陰性名詞單數第六格詞尾為-и，以-ия結尾的陰性名詞以及以-ие結尾的中性名詞，單數第六格詞尾為-ии。

（注）：столо́вая的第六格形式為в столо́вой。

6. 名詞第六格的用法

名詞第六格只能與前置詞連用。

1）與前置詞в（在⋯⋯裡面）、на（在⋯⋯上面）連用，表示地點，回答「где?」的問題。例如：рабо́тать в университе́те（在大學工作）、гуля́ть на пло́щади（在廣場散步）。

2）前置詞на與某些名詞第六格連用，也可以表示「在⋯⋯裡」的意義，但有時則表示「參加或從事某種活動」。例如：рабо́тать на заво́де（在工廠工作）、на уро́ке（在上課）。

（注）：某些名詞用來表示地點時，只與一定的前置詞（в或на）連用。例如：на заво́де、на фа́брике、на по́чте、на стадио́не、на уро́ке等。

四 句型

1. — Вы чита́ете по-ру́сски? 您能讀俄語嗎？

   — Да, чита́ю. Я уже́ непло́хо чита́ю по-ру́сски. 是的，能讀。我俄語讀得已經不錯了。

   動詞чита́ть（讀）、писа́ть（寫）、понима́ть（明白）等後面要求使用по-ру́сски、по-кита́йски等類型的副詞，表示該語言讀、寫得如何。

2. Анна, ты игра́ешь в те́ннис? 安娜，妳打網球嗎？

   動詞игра́ть後面接в футбо́л（踢足球）、в пинг-по́нг（打乒乓球）、в ша́хматы（下象棋）等表示從事球類和棋類的體育項目。

8

五 參考譯文

頁119：1

— 我喜歡這個漂亮的鐘。請拿給我。
— 給您。

— 你覺得，這本舊書多少錢？
— 我不知道。

— 我喜歡這本雜誌。
— 哪本？
— 這本《新世界》。

— 你覺得，這是一部有意思的電影嗎？
— 哪部電影？
— 《美國女兒》。
— 我覺得應該有意思。
— 我們一起去吧！
— 當然可以，一起去。

— 這是你的書嗎？
— 哪本？
— 這本《老莫斯科》。

— 我喜歡這台大電視。
— 是的，蠻漂亮的。

　　這是我的故鄉。這就是我們的工廠。我和我的父親在這裡工作。我的父親是工程師。他在這裡上班很久了。

　　而這是我們的老公園。白天孩子們和他們的奶奶在那裡散步。奶奶們在休息、讀書，而孩子們在玩耍。晚上年輕人也在那裡休息。我的朋友安東和他的女朋友安娜也經常在那裡散步。

— 安東，你在做什麼？
— 我在讀書。
— 而伊萬在做什麼？
— 他也在讀書。

— 請問，維克多在家嗎？
— 不。他在散步。

— 尤拉，你現在在做什麼？
— 我在做什麼？什麼也沒做。／我什麼也沒做，我在休息。

— 你們在做什麼？
— 現在我們在休息。
— 那伊拉和娜塔莎呢？
— 她們在工作。

範例：
— 請問，王玲在做什麼？在工作嗎？
— 是的，現在她在工作。

— 伊萬和薩沙在做什麼？在讀書嗎？
— 不，他們沒有讀書。現在他們在休息。

(1) a
　　這是我們的大銀行。我喜歡我們的銀行。而這是我們的老經理。他叫伊萬‧彼得洛維奇。伊萬‧彼得洛維奇在這裡工作很久了。

(2) a
　　這是我出生的地方。這就是我們這的大旅館。這裡有我的好朋友們。他們是維克多和安東。他們是大學生，但是晚上他們不休息。我知道他們在這裡工作到晚上，有時甚至到深夜。

(3) a
　　這是我們的大學生們。現在他們沒有上課，因為現在是休息時間。伊萬和安娜在散步。安東什麼也沒做，他在休息。尼古拉‧米哈依洛維奇也在休息。

　　馬凌能讀俄語。王玲能寫中文。安娜和安東能讀英語和法語。克拉拉既不會讀中文，也不會寫中文。

— 伊萬，你能寫中文嗎？

— 是的，我能。

— 你寫得好嗎？

— 不，還不好。

— 安東，你的母語是什麼？

— 俄語。

— 那麼，你能很好地讀、寫，並理解俄語了。

— 當然了。

— 那你說，用俄語「sport」怎麼說？

— Спорт（運動）。

— 王玲，您能寫俄語嗎？

— 是的，能寫一點。

— 約翰呢？

— 約翰俄語讀和寫都不錯，俄語已經掌握得很好了。

— 請問，這裡誰能讀法語或寫法語？

— 沒人。這裡誰也不會讀法語和寫法語。

範例：

— 請問，這是契訶夫街嗎？

— 什麼？什麼？請再說一遍。我還不太明白，因為我是外國人。

— 請問，這裡的郵局在什麼地方？

— 對不起，我不懂俄語。我是外國人。

8

　　這是一個不大的書報攤。這裡有一些新書、報紙、雜誌和漂亮的明信片。今天早晨劉空、瑪莉亞和伊萬在這裡。

劉空：　　請問，《新報》多少錢？

店員：　　5盧布。

劉空：　　請拿給我看看。

店員：　　給你。

劉空：　　我是外國人，但我能讀一點俄語。

店員：　　那真不錯。

瑪莉亞：　噢！《時尚》雜誌來新的了！請給我看看。

店員：　　請拿。您也能讀俄語嗎？

瑪莉亞：　不，我還不能讀俄語。但我喜歡這本雜誌，因為這裡有漂亮的照片。看照片我就什麼都明白了。

伊萬：　　請問，這是《中國》雜誌嗎？這是新的嗎？

店員：　　是的，新的。

伊萬：　　這本雜誌多少錢？

店員：　　20盧布。

伊萬：　　請給我一本。

店員：　　您也是外國人？

伊萬：　　不，我是俄羅斯人，但我中文讀得很好。

頁129：19

伊萬為什麼不打籃球？

— 伊萬，你為什麼不打籃球？

— 因為我在休息。

維克多為什麼不讀書？

— 維克多，你為什麼不讀書？

— 因為現在是休息時間。

馬凌為什麼中文寫得很好？

— 馬凌，您中文寫得真好！

— 是的，當然很好，因為這是我的母語。

約翰為什麼不做家庭作業？

— 約翰，你為什麼不做家庭作業？

— 因為我在看書，非常有意思的書。

安東為什麼不散步？

— 安東，你為什麼不散步？

— 因為今天很冷。

頁130：21

— 這是一座什麼樣的城市？

— 這是一座漂亮的城市。

— 這是座美麗的城市嗎？

— 很美。

— 多麼美麗的城市啊！

— 是的，很美。

— 這片海怎樣？

— 這片海一望無垠。

— 多麼漂亮的小姐啊！

— 是的，非常漂亮。

— 這是位漂亮的小姐嗎？

— 很漂亮。

— 這是什麼樣的小姐？

— 這是位漂亮的小姐。

— 這是什麼樣的花？

— 這是美麗的紅花。

— 這片海很大嗎？
— 很大。

— 這是漂亮的花嗎？
— 很漂亮。

— 多麼大的海啊！
— 是的，很大。

— 多麼漂亮的紅花啊！
— 是的，很漂亮。

頁131：23a

伊斯梅洛夫斯基公園

看，這就是伊斯梅洛夫斯基公園。莫斯科人都知道這是個什麼樣的公園。這是個非常大的、古老而漂亮的公園。莫斯科人經常在這裡休息。

現在正值秋天。天氣晴朗溫暖。秋天的公園非常漂亮。看，這是年輕的小伙子和可愛的小姐。他們在散步。

— 我非常喜歡這個公園。
— 我也是。
— 妳看，多麼漂亮的葉子啊！
— 真漂亮：黃色的，綠色的，紅色的。今天的天多麼藍啊！
— 天空湛藍湛藍的，就像妳的眼睛一樣。
— 公園多漂亮啊！
— 妳也很漂亮！

你（您，你們）看！

頁137：30a

— 劉空，你住在哪裡？
— 我住在北京。

— 伊萬，你的朋友住在哪裡？
— 他住在彼得堡。

— 您的父母住在哪裡？
— 他們住在西伯利亞，在伊爾庫茨克。

頁138：31

在阿爾巴特街上

這就是阿爾巴特街。這是條非常古老而美麗的莫斯科街道。那裡有有趣的展覽會、博物館、劇院、夏日咖啡館、昂貴的商店和餐廳。每天這裡都有莫斯科的藝術家在作畫。看！這就是他們的畫，這裡還出售俄羅斯的紀念品、漂亮的俄羅斯娃娃。莫斯科人和外國旅行者在阿爾巴特街上散步和休息。今天約翰也在這裡散步和休息。

而這是阿爾巴特街上的咖啡館

店員： 您要果汁、咖啡還是茶？
約翰： 不加牛奶的咖啡，可以嗎？
店員： 當然了！
約翰： 請來杯咖啡和冰淇淋。
店員： 請慢用。
約翰： 多謝。我非常喜歡莫斯科的冰淇淋。

多麼漂亮的老房子！

—對不起，我是外國人。請問，您知道這是什麼地方嗎？

—這是普希金故居博物館，非常有趣的博物館。

—噢！我喜歡阿爾巴特街。這裡有有趣的博物館、劇院、展覽。請問，這裡的地鐵在什麼地方？

—就在那裡，在右邊，字母「M」。那就是地鐵。

—謝謝。

　　這是又大又漂亮的建築。看，這就是字母「M」。

—這是地鐵。我喜歡莫斯科的地鐵，——約翰說。

—您在說什麼？這不是地鐵。這是麥當勞。地鐵還遠呢。

頁139：32

—您知道克里姆林宮在哪裡嗎？

—克里姆林宮位於莫斯科，在市中心。

—那大劇院、歷史博物館、國立百貨商店在什麼地方？

—它們也在市中心。

頁140：33

伊萬：	妳好，安娜！是妳嗎？
安娜：	您好，哪位？
伊萬：	我是伊萬。
安娜：	伊萬，你好！你現在在哪裡？
伊萬：	我現在在彼得堡。
安娜：	你在那裡做什麼？
伊萬：	工作。
安娜：	工作？你在哪裡工作？我知道你是在莫斯科工作的。
伊萬：	現在我在彼得堡工作，《涅瓦》雜誌社。
安娜：	那你在彼得堡住在哪裡？
伊萬：	在旅館。
安娜：	是在「波羅的海沿岸」旅館嗎？
伊萬：	不，我住在「莫斯科」旅館。
安娜：	怎麼樣？你喜歡這個旅館嗎？
伊萬：	是的，很舒適，也不貴。
安娜：	它（旅館）在什麼地方？
伊萬：	它在市中心。我也在市中心上班。
安娜：	這不錯。
伊萬：	那妳現在做什麼呢？
安娜：	什麼也沒做，我今天休息。
伊萬：	安東呢？妳知道他在哪裡嗎？
安娜：	他今天也休息。我想他現在是在運動場。

伊萬：　　打網球嗎？

安娜：　　和平時一樣。

伊萬：　　那好吧，安娜，再見。

安娜：　　再見，再見。

那裡怎麼樣？
和平時一樣。
再見！

六 練習題參考答案

頁119：2

— Ско́лько сто́ит э́та ру́чка?

— Э́та ру́чка сто́ит 10 рубле́й.

— Почему́ тебе́ нра́вится э́тот го́род?

— Мне нра́вится э́тот го́род, потому́ что он большо́й и краси́вый.

— Как ты ду́маешь, э́то интере́сный фильм?

— Я ду́маю, что э́то интере́сный фильм.

— Что э́то?

— Э́то гости́ница «Москва́».

— Каки́е э́то биле́ты?

— Э́то дешёвые биле́ты.

— Како́й фотоаппара́т тебе́ нра́вится?

— Мне нра́вится э́тот фотоаппара́т. Э́тот фотоаппара́т ма́ленький.

— Како́й слова́рь вам нра́вится?

— Мне нра́вится э́тот слова́рь. Он о́чень большо́й.

— Како́й журна́л тебе́ нра́вится?

— Мне нра́вится журна́л «Спорт».

頁121：2

	чита́ть	гуля́ть	игра́ть	обе́дать
я	чита́ю	гуля́ю	игра́ю	обе́даю
ты	чита́ешь	гуля́ешь	игра́ешь	обе́даешь
он (она́)	чита́ет	гуля́ет	игра́ет	обе́дает
мы	чита́ем	гуля́ем	игра́ем	обе́даем
вы	чита́ете	гуля́ете	игра́ете	обе́даете
они́	чита́ют	гуля́ют	игра́ют	обе́дают

Я чита́ю.

Мы отдыха́ем до́ма.

Вы зна́ете, где метро́?

Анто́н сейча́с ничего́ не де́лает.

Друзья́ гуля́ют ве́чером.

Ты рабо́таешь сейча́с?

— Что де́лает Ви́ктор?

— Он гуля́ет.

— Друзья́ сейча́с рабо́тают?

— Нет, они́ сейча́с отдыха́ют.

— Ви́ктор сейча́с рабо́тает?

— Да, Ви́ктор сейча́с рабо́тает.

— А Анто́н?

— А Анто́н отдыха́ет.

— Кто сейча́с рабо́тает?

— Анна и Са́ша сейча́с рабо́тают.

— Ты отдыха́ешь у́тром?

— Нет, у́тром я не отдыха́ю.

— Где рабо́тают твои́ бра́тья?

— Мои́ бра́тья рабо́тают здесь.

— Анто́н чита́ет?

— Да.

— А Ви́ктор?

— А Ви́ктор отдыха́ет.

— Кто сейча́с гуля́ет?

— Никто́ сейча́с не гуля́ет.

— Что де́лает Анна сейча́с?

— Анна сейча́с чита́ет.

— Что ты де́лаешь?

— Я? Ничего́ не де́лаю.

— Что ты де́лаешь ве́чером?

— Ве́чером я гуля́ю.

а) Это большо́й заво́д. Вот мой оте́ц. Он рабо́тает здесь. Он хоро́ший инжене́р.

б) Это на́ша университе́тская библиоте́ка. Она́ о́чень больша́я. Вот мои́ друзья́. Они́ студе́нты. Сейча́с они́ чита́ют.

в) Это большо́й и ста́рый парк. Вот Анна и Анто́н. Сейча́с они́ отдыха́ют здесь.

Арти́ст рабо́тает в теа́тре.

Преподава́тель рабо́тает в институ́те.

Инжене́р рабо́тает на заво́де.

Слу́жащий рабо́тает в ба́нке.

Врач рабо́тает в поликли́нике.

Продаве́ц рабо́тает в магази́не.

Бизнесме́н рабо́тает на фи́рме.

頁137：30б

Джон живёт в Аме́рике, в Нью-Йо́рке.

Я живу́ в Кита́е, в Шанха́е.

Ты живёшь в А́нглии, в Ло́ндоне.

Мы живём в Росси́и, в Ирку́тске.

Вы живёте во Фра́нции, в Пари́же.

Мой друзья́ живу́т в Сиби́ри, в Новосиби́рске.

頁141：2

Пло́щадь Тяньаньмэ́нь нахо́дится в Пеки́не.

Ру́сский музе́й и Эрмита́ж нахо́дятся в Петербу́рге.

Большо́й теа́тр нахо́дится в Москве́, в це́нтре.

Ирку́тск нахо́дится в Сиби́ри.

Москва́, Петербу́рг, Ирку́тск нахо́дятся в Росси́и.

頁141：3

Я **пишу́** письмо́ по-кита́йски.

Ты **пи́шешь** письмо́ по-кита́йски.

Он **пи́шет** письмо́ по-кита́йски.

Я не **понима́ю** по-испа́нски.

Ты не **понима́ешь** по-испа́нски.

Он не **понима́ет** по-испа́нски.

Утром я **за́втракаю** до́ма.

Утром ты **за́втракаешь** до́ма.

Утром он **за́втракает** до́ма.

Ве́чером я **игра́ю** в ша́хматы.

Ве́чером ты **игра́ешь** в ша́хматы.

Ве́чером он **игра́ет** в ша́хматы.

Я **живу́** в Москве́.

Ты **живёшь** в Москве́.

Он **живёт** в Москве́.

頁142：4

1. — Почему́ Анто́н не рабо́тает?

   — Потому́ что сейча́с переры́в.

2. — Почему́ Ван Лин сего́дня не гуля́ет?

   — Потому́ что сего́дня хо́лодно.

3. — Почему́ вы игра́ете в футбо́л?

— Потому́ что мне нра́вится э́та игра́.

4. — Почему́ Кла́ра и Анна ничего́ не де́лают?

— Потому́ что они́ сейча́с отдыха́ют.

5. — Почему́ Мари́я пло́хо понима́ет по-ру́сски?

— Потому́ что она́ иностра́нка.

頁142：5

Ве́чером мы чита́ем но́вые расска́зы.

1. — Кто чита́ет расска́зы?

— Мы.

2. — Что вы де́лаете?

— Чита́ем.

3. — Что вы чита́ете?

— Расска́зы.

4. — Каки́е расска́зы вы чита́ете?

— Но́вые.

5. — Когда́ вы чита́ете расска́зы?

— Ве́чером.

Днём молодо́й челове́к и де́вушка обе́дают в рестора́не.

1. — Кто обе́дает в рестора́не?

— Молодо́й челове́к и де́вушка.

2. — Что де́лают молодо́й челове́к и де́вушка в рестора́не?

— Обе́дают.

3. — Где обе́дают молодо́й челове́к и де́вушка?

— В рестора́не.

4. — Когда́ молодо́й челове́к и де́вушка обе́дают в рестора́не?

— Днём.

Мой оте́ц рабо́тает на заво́де.

1. — Кто рабо́тает на заво́де?

— Мой оте́ц.

2. — Где рабо́тает твой оте́ц?

— На заво́де.

3. — Чей оте́ц рабо́тает на заво́де?

— Мой.

УРОК 9 第九課

一 單詞 ▶ MP3-259

англи́йский	形 英國的、英國人的	факульте́т	陽（大學的）系
францу́зский	形 法國的、法國人的	литерату́ра	陰 文學
кита́ец	陽 中國人	исто́рия	陰 歷史
китая́нка	陰（女）中國人	неда́вно	副 不久前
англича́нин	陽 英國人	иеро́глиф	陽 象形文字
англича́нка	陰（女）英國人	слу́шать	未 聽
америка́нец	陽 美國人	смотре́ть	未 觀看、參觀；望、看
америка́нка	陰（女）美國人	магнитофо́н	陽 錄音機
францу́з	陽 法國人	му́зыка	陰 音樂
францу́женка	陰（女）法國人	о́пера	陰 歌劇
тру́дный	形 難的、困難的	ра́дио	不變 中 收音機
ка́ждый	代 每個	но́вость	陰 新聞、新鮮事
день	陽 天、日	бале́т	陽 芭蕾舞
театра́льный	形 戲劇的、劇院的	програ́мма	陰 綱要；節目（單）
говори́ть	未 說、講	мультфи́льм	陽 動畫片
кури́ть	未 吸菸	кома́нда	陰 隊、運動隊
звони́ть	未 打電話給……、 （鐘、鈴）響	кани́кулы	複（多指學校的）假期
позвони́ть	完 打電話給……、 （鐘、鈴）響	друг дру́га	副 彼此、互相
по-ара́бски	副 用阿拉伯語	ждать	未 等、等待
учи́ться	未 學習	свобо́дный	形 自由的、空閒的
люби́ть	未 喜歡、愛	вре́мя	中 時間
повторя́ть	未 重複、複習	джаз	陽 爵士樂
текст	陽 課文	детекти́в	陽 偵探小說（影片）
приро́да	陰 大自然、自然界	наизу́сть	副 背熟、記熟
коммерса́нт	陽 商人、商業家	осо́бенно	副 尤其、特別
поэ́т	陽 詩人	ча́сто	副 經常
учи́ть	未 讀、背誦功課等；學 習；教	ре́дко	副 少、稀疏地
		гото́вить	未 準備、做飯
грамма́тика	陰 語法	бо́льше	副 更（多）；用在否定句 前，再也（不）……； （不）再……
глаго́л	陽 動詞		
фи́зика	陰 物理		

9

пельме́ни	複 餃子	среда́	陰 星期三
ка́ша	陰 飯，稠粥	четве́рг	陽 星期四
кока-ко́ла	陰 可口可樂	пя́тница	陰 星期五
пи́во	中 啤酒	суббо́та	陰 星期六
о́вощи	複 蔬菜	Интерне́т	陽 網際網路
Тита́ник	電影《鐵達尼號》	рису́нок	陽 圖畫、插圖
воскресе́нье	中 星期天	поэ́тому	副 所以
Спарта́к	斯巴達克隊	спорти́вный	形 運動的
блю́до	中 盤子；一道菜	купи́ть	完 買
хозя́йка	陰 女主人	поменя́ть	完 交換、兌換
спекта́кль	陽 （演出的）戲劇	проду́кт	陽 食品
сериа́л	陽 （電影或電視）系列片、連續劇	за́нят (-á, -ы)	形 （短尾）忙的
дли́нный	形 長的	контро́льный	形 檢查的
ску́чный	形 枯燥無味的、無聊的	контро́льная рабо́та	測驗
Дина́мо	狄納莫隊	чуть-чу́ть	副 稍微、一點點
понеде́льник	陽 星期一	матема́тика	陰 數學
вто́рник	陽 星期二		

⊙ 人名

Жан 讓（男）

Джейн 簡（女）

Ло́ра 羅拉（女）

Ве́ра 薇拉（女）

Та́ня 塔妮婭（女）

Дюма́ 大仲馬（法國作家）

Лю Янь 劉延

⊙ 地名

Испа́ния 西班牙

二 語法

1. 動詞第二變位法

大多數以-ить結尾的動詞屬於第二變位法。第二變位法動詞變位時，去掉-ить，加上人稱詞尾。

人稱 ＼ 不定式	говори́ть	звони́ть	詞尾
я	говорю́	звоню́	-ю (-у)
ты	говори́шь	звони́шь	-ишь
он, она́	говори́т	звони́т	-ит
мы	говори́м	звони́м	-им
вы	говори́те	звони́те	-ите
они́	говоря́т	звоня́т	-ят (-ат)
命令式	говори́ говори́те	звони́ звони́те	

（注）：

1) 動詞第二變位法的人稱詞尾一般為-ю、-ишь、-ит、-им、-ите、-ят。如果動詞人稱詞尾前是ж、ш、ч、щ，根據拼寫規則單數第一人稱不寫-ю，寫-у；複數第三人稱不寫-ят，寫-ат。如：лежа́ть – (я) лежу́ – (они́) лежа́т。

2) 有些動詞變位時，詞尾前會出現子音交替，一般只限於單數第一人稱詞尾之前。如：сиде́ть – (я) сижу́ – (они́) сидя́т。

2. 帶-ся動詞的變位

帶-ся動詞與不帶-ся動詞的變位相同，只是-ся在母音後變成-сь，在子音後仍為-ся。如：

人稱 ＼ 不定式	учи́ться
я	учу́сь
ты	у́чишься
он, она́	у́чится
мы	у́чимся
вы	у́читесь
они́	у́чатся
命令式	учи́сь (учи́тесь)

3. 及物動詞與不及物動詞

俄語中動詞有及物動詞和不及物動詞的區別。及物動詞表示直接及於客體的行為。後面要求不帶前置詞的第四格名詞。不及物動詞不要求客體，或其客體用帶前置詞或不帶前置詞的間接格表示。

4. 名詞第四格

Кто это (1)		кого (4)	詞尾
Это Анто́**н**.	Ви́ктор зна́ет	Анто́н**а**.	硬子音加-а
Андре́**й**.		Андре́**я**.	-й變-я
учи́тел**ь**.		учи́тел**я**.	-ь（陽性）變-я
Ан**на**.		Анн**у**.	-а變-у
Мари́**я**.		Мари́**ю**.	-я變-ю
мать		мат**ь**.	-ь（陰性）不變

Что это (1)		что (4)		
		單數	詞尾	複數
Это Петербу́р**г**.	Ви́ктор зна́ет	Петербу́рг.	第四格同第一格	
го́ро**д**.		э́тот го́род.		э́ти города́.
зда́ни**е**.		э́то зда́ние.		э́ти зда́ния.
Москв**а́**.		Москв**у́**.	-а變-у	
у́лиц**а**.		э́ту у́лиц**у**.		э́ти у́лиц**ы**.
дере́вн**я**.		э́ту дере́вн**ю**.	-я變-ю	э́ти дере́вн**и**.

1) 名詞第四格與及物動詞連用，表示行為的直接客體。

2) 陽性動物名詞單數第四格詞尾為-а、-я，非動物名詞同第一格。

3) 陰性動物名詞與非動物名詞第四格變化相同，即-а變-у，-я變-ю，軟音符號不變。

4) 非動物名詞的複數第四格同複數第一格，如：Ви́ктор хорошо́ зна́ет э́ти города́ (у́лицы, зда́ния).

5. 人稱代詞第四格

кто (1)	кого (4)
я	меня́
ты	тебя́
он, оно́	его́
она́	её

мы	нас
вы	вас
они	их

目 句型

1. Антóн ýчится в университéте. Он ýчит англи́йский и кита́йский языки́.
   安東在大學就讀。他學英語和中文。

   動詞учи́ть是及物動詞，後面要求第四格的名詞，回答「что?」的問題，表示學習（背誦）的內容。如：учи́ть ру́сский язы́к、учи́ть литерату́ру、учи́ть стихи́等。動詞учи́ться是不及物動詞，之後常用前置詞в (на)接第六格名詞，回答「где?」的問題，表示在哪裡就讀、求學。如：учи́ться в институ́те、учи́ться на факульте́те等。

2. Я люблю́ спóрт. 我喜歡運動。

   Я люблю́ игра́ть в те́ннис. 我喜歡打網球。

   動詞люби́ть後面既可以接名詞第四格表示的直接客體，如：люби́ть му́зыку（喜歡音樂）、люби́ть стихи́（喜歡詩歌）；也可以接另一動詞不定式，表示喜歡做什麼，如：люби́ть смотре́ть бале́т（喜歡看芭蕾）、люби́ть чита́ть стихи́（喜歡讀詩）。

3. Я рабо́таю в Росси́и, поэ́тому я учу́ ру́сский язы́к. 我在俄羅斯工作，所以我學俄語。

   表示行為的結果時，使用帶連接詞поэ́тому的從屬句與主句相連。帶有連接詞поэ́тому的從屬句只能位於主句之後，不能放在句首。注意帶поэ́тому的結果從句與帶потому́ что的原因從句的區別。試比較：

Джон ча́сто игра́ет в футбо́л,	Джон о́чень лю́бит спорт,
потому́ что он о́чень лю́бит спорт.	поэ́тому он ча́сто игра́ет в футбо́л.
約翰經常踢足球，	約翰非常喜歡體育，
因為他非常喜歡體育。	所以他經常踢足球。

4. — Где мо́жно купи́ть цветы́? 哪裡可以買鮮花？

   — Там, в кио́ске. 在那邊，花店。

   詢問哪裡可以進行（發生）某行為時，使用где мо́жно加動詞不定式的句型。答句可以是完整句，也可以是省略句。如：

   — Где мо́жно позвони́ть? 哪裡可以打電話？

   — На по́чте мо́жно позвони́ть. / На по́чте. 在郵局可以打電話。/ 在郵局。

四 參考譯文

頁145：1

— 安東，你在做什麼？
— 現在什麼也沒做，在休息。

— 你的父母住在哪裡？在北京還是上海？
— 他們住在北京。

— 誰知道維克多在哪裡？
— 我知道。他在運動場踢足球。

— 您喜歡莫斯科的冰淇淋嗎？
— 是的，很喜歡。
— 我也喜歡，很好吃。

頁145：III

— 請問，牛奶多少錢？
— 10盧布。
— 請拿給我。

— 請問，這是什麼地鐵站？
— 這是劇院站。
— 謝謝。

— 這是大劇院嗎？好漂亮的建築啊！

— 您知道克拉拉現在在哪裡嗎？
— 我覺得她現在在宿舍。

— 多麼漂亮的葉子啊！
— 是的，秋日的公園非常漂亮。

— 請出示您的票！
— 請看。

頁147：2a

— 請問，安東講俄語嗎？
— 當然，他講。這是他的母語。

— 克拉拉，妳說中文嗎？
— 是的，我能講一點中文。
— 那英語呢？
— 不，我不會講英語。

— 誰會說阿拉伯語？
— 誰也不會說。

頁147：3a

範例：
這是安東。他是俄羅斯人。我認為他俄語講得很好，因為這是他的母語。

頁148：4a

— 安東，你在哪裡就學？
— 我在莫斯科就學，在大學。

— 約翰，你妹妹羅拉在哪裡就讀？
— 她在中學上學。她還小。

— 馬凌，你的朋友們在哪裡就讀？
— 他們不在讀書，他們在工廠工作。

頁148：4б

範例：
— 克拉拉，妳的哥哥是在上學還是上班？
— 他工作了。
— 那他在哪裡工作？
— 他在大學工作。他是教師。

頁149：5б

範例：
— 您好！請問，維克多在家嗎？
— 沒有。他現在在公園散步。

頁151：6

這是北京。我住在北京。我很了解北京，也很喜歡它。
這是莫斯科。我住在莫斯科。我很了解莫斯科，也很喜歡它。
這是我的朋友安東。我很了解安東，也很喜歡他。
這是我的朋友（女）安娜。我很了解安娜，也很喜歡她。

頁151：7a

　　安娜在寫信。現在她在莫斯科生活和就學。她學英語。她的父母親住在西班牙。他們在那裡工作。

　　伊萬‧安東諾維奇在銀行工作。通常他早晨讀《生意人》報。他很喜歡這份報紙。他說，《生意人》報非常有趣。

　　我叫奧爾加。我的朋友是年輕的詩人。他經常在夜裡寫詩。早晨他打電話（給我）並讀這些詩。我聽著他的詩並跟著他讀。我很喜歡他的詩。

　　現在伊拉什麼也沒做，什麼也沒讀，什麼也沒寫，什麼也沒學，什麼也沒複習。她在休息。

— 維克多，你的哥哥安東在哪裡學習？
— 安東在大學學習。他學英語和中文。

— 維克多，你在哪裡學習？
— 在大學。
— 你現在學什麼？
— 物理。

範例：
— 安東，你在讀什麼？是報紙嗎？
— 不，是《運動》雜誌。

— 克拉拉，妳在背什麼？是詩嗎？
— 不，我在背生詞。

伊萬學英語。他已經能很好地說英語，懂英語。
克拉拉懂一點中文。她中文說得不錯，也很懂中文，但她寫得還不好。
王玲還不能說俄語。她不久前才開始學俄語。
維克多懂法語。他能讀法國小說。現在他讀大仲馬的法語小說。

　　伊萬是記者。他的母語是俄語。但他英語也學得很好。伊萬英語說得不錯，能讀英文的報紙和雜誌。現在他在學中文，因為他在中國工作。他已經懂一點中文了。在家裡伊萬複習新的中文生詞，寫漢字，讀中文詩歌。伊萬說，中文是一門很難的語言，但很有趣。他說：「我喜歡中文詩歌，我也經常用中文讀這些詩。我還經常聽中文歌曲，看中文電影。」

— 王玲，您聽俄語廣播嗎？
— 不，不聽。
— 為什麼？
— 因為我還不太懂俄語。

— 約翰，你在看什麼？
— 籃球比賽。非常有趣的比賽。
— 是誰在比賽？
— 俄羅斯隊和美國隊在莫斯科比賽。
— 我們一起看吧！

　　我叫克拉拉。我是大學生。這是我們班。我已經認識約翰、安娜、瑪莉亞、湯姆和讓。我們是朋友。我們一起學習。我們彼此很了解也能互相理解。現在是假期，我們在海邊休息。

頁157：19a

— 今天天氣真好啊！安娜，我們一起去公園吧！

— 好啊，安東。

— 我在公園等妳。

— 你好，安東，你在這裡做什麼呢？

— 你好，伊萬。我在等安娜。你呢？

— 我誰也不等，我在散步。

頁157：20a

— 喂，喂！

— 喂，請說！

— 對不起，伊萬在家嗎？

— 不在，他在大學裡。

— 謝謝！

— 對不起，請幫幫忙！

— 對不起，我不明白您說什麼。請說俄語吧。

頁158：21a

安娜喜歡俄羅斯歌曲。她經常聽這些歌。你們（您）呢？

約翰不喜歡戲劇。他很少看芭蕾舞。你們（您）呢？

劉空和王玲喜歡電影。他們每天都看電視播放的電影。你們（您）呢？

伊萬和安東喜歡偵探小說。他們總是讀偵探小說。你們（您）呢？

克拉拉喜歡詩歌。她經常讀詩，有時還背誦詩。你們（您）呢？

我的朋友喜歡看電視播放的電影。你們（您）的朋友呢？

我的朋友（女）喜歡聽歌劇。你們（您）的朋友（女）呢？

我的父母喜歡讀偵探小說。你們（您）的父母呢？

我不喜歡在公園散步。你們（您）呢？

我的祖母不喜歡做飯。你們（您）的祖母呢？

每天
經常
很少
總是
偶爾
通常

頁159：216

範例：

— 安娜，妳喜歡音樂嗎？

— 當然喜歡。我經常聽音樂，尤其是爵士樂。

— 您較喜歡戲劇還是電影？

— 電影。我喜歡的電影是《鐵達尼號》。

頁159：21в

範例：

— 劉延，您喜歡足球嗎？

— 不喜歡。我喜歡網球。您呢？您喜歡什麼體育運動？

— 我喜歡籃球。

9

頁159：22

菜單		
肉	沙拉	果汁
魚	馬鈴薯	咖啡
餃子	米飯	茶
蔬菜	粥	可口可樂
	麵包	啤酒

範例：
— 約翰，你喜歡（吃）什麼？
— 我喜歡（吃）肉。你呢？
— 而我喜歡（吃）魚和蔬菜。

頁160：23a

今天是星期天。我們休息。爸爸在讀《運動》雜誌。他很喜歡體育運動，尤其是足球。他喜愛的球隊是斯巴達克隊。爸爸對斯巴達克隊很了解，因為他的好朋友在斯巴達克隊踢球。

媽媽空閒時喜歡烹飪。今天她包餃子。這是我們喜歡的菜餚。大家都說，媽媽是個好主婦。媽媽還喜歡戲劇。她經常在劇院看戲，有時也看電視轉播。

奶奶每天都看電視。她非常喜歡看連續劇。我覺得，這些電視劇非常冗長又無聊。但奶奶說，她非常樂意看連續劇。

我的哥哥安東在讀新的偵探小說。他喜歡在空閒時讀書。在他的房間裡有很多藏書。他說，書是好朋友。

而我的好朋友是電腦。我喜歡玩電腦。我還喜歡星期天，因為我們全家都在家。

今天星期幾？
星期一
星期二
星期三
星期四
星期五
星期六
星期天

頁165：28a

安娜： 喂，請講！
安東： 妳好，安娜。我是安東。
安娜： 你好，安東。
安東： 妳現在忙嗎？
安娜： 不忙，有什麼事？
安東： 妳英語好嗎？
安娜： 我覺得還不錯。
安東： 那妳告訴我，英語「再見」怎麼說。我在用英語寫信，但不知道這個詞。
安娜： 「再見」用英語就是「see you」。
安東： 謝謝。妳最近好嗎？過得怎麼樣？

安娜：	還好。你知道嗎，我在學中文呢。
安東：	中文？真有意思！
安娜：	我的新朋友王玲是中國人。她在這裡的大學就讀。你認識她的。空閒時我們喜歡在一起散步，講一點點俄語和中文。
安東：	那妳們很了解對方嗎？
安娜：	已經很了解了。
安東：	那王玲喜歡俄羅斯歌曲嗎？
安娜：	是的，她説，她喜歡聽俄語歌，而我喜歡中文歌。
安東：	今天晚上在莫斯科大學有「俄羅斯歌曲」音樂會。我們一起去吧！
安娜：	好的，一起去！
安東：	我在俱樂部等妳們。
安娜：	好的，再見！

> 互相理解（明白）。
> 喂，請講！

五 練習題參考答案

頁145：2

— Где рабо́тает ваш оте́ц?

— Мой оте́ц рабо́тает в ба́нке.

— Анто́н, ты пи́шешь по-англи́йски?

— Да, я немно́го пишу́ по-англи́йски.

— Почему́ вы ка́ждый день игра́ете в футбо́л?

— Потому́ что мне нра́вится э́та игра́.

— Кто зна́ет, где Анто́н?

— Никто́ не зна́ет, где Анто́н.

— Скажи́те, пожа́луйста, э́то Большо́й теа́тр?

— Извини́те, я пло́хо понима́ю по-ру́сски, я иностра́нец.

頁153：10

Моя́ сестра́ у́чит стихи́. Она́ ещё ма́ленькая.
Она́ у́чится в шко́ле.

Лю Кун и Ван Лин у́чатся в Москве́.
Они́ у́чат ру́сский язы́к.

Я студе́нт. Я учу́сь в МГУ. Я учу́ кита́йский язы́к и литерату́ру. Сейча́с я учу́ грамма́тику.

1. Я люблю́ му́зыку, поэ́тому я слу́шаю магнитофо́н ка́ждый день.

2. Ива́н хорошо́ зна́ет англи́йский язы́к, поэ́тому он лю́бит чита́ть детекти́вы по-англи́йски.

3. Мой мла́дший брат ещё ма́ленький, поэ́тому он ча́сто смо́трит мультфи́льмы.

4. На́ша семья́ о́чень дру́жная, поэ́тому мы вме́сте отдыха́ем.

5. А́нна не лю́бит спорт, поэ́тому она́ не смо́трит спорти́вные програ́ммы.

6. Моя́ подру́га Ван Лин живёт и у́чится в Москве́, поэ́тому она́ уже́ хорошо́ понима́ет и говори́т по-ру́сски.

7. Жан не лю́бит рестора́ны, поэ́тому он обе́дает до́ма.

8. Я не люблю́ писа́ть пи́сьма, поэ́тому я обы́чно звоню́ домо́й.

а)

Мой брат хорошо́ зна́ет <u>англи́йский язы́к</u>.

Он непло́хо говори́т <u>по-англи́йски</u>.

Он говори́т, что <u>англи́йский язы́к</u> нетру́дный.

Ван Лин <u>у́чит</u> <u>ру́сский язы́к</u>.

Она́ ещё пло́хо пи́шет по-ру́сски, но понима́ет <u>по-ру́сски</u> уже́ непло́хо.

Мои́ друзья́ не понима́ют <u>по-францу́зки</u>, потому́ что они́ не зна́ют <u>францу́зский язы́к</u>.

А я сейча́с учу́ <u>францу́зский язы́к</u>.

б)

Моя́ мла́дшая сестра́ <u>у́чится</u> в шко́ле.

Она́ <u>у́чит</u> литерату́ру, исто́рию, матема́тику. Она́ хорошо́ <u>у́чится</u>.

Сейча́с мы живём и <u>у́чимся</u> в Москве́, потому́ что мы <u>у́чим</u> ру́сский язы́к.

Мы ещё пло́хо говори́м по-ру́сски, потому́ что <u>у́чимся</u> в Росси́и то́лько ме́сяц.

Вот <u>газе́та</u> «Сего́дня». Я чита́ю <u>газе́ту</u> «Сего́дня» ка́ждый день.

Мне нра́вится <u>фильм</u> «Война́ и мир». Сейча́с я смотрю́ <u>фильм</u> «Война́ и мир».

Мне нра́вится <u>му́зыка</u>. В свобо́дное вре́мя я люблю́ слу́шать <u>му́зыку</u>.

Ива́н журнали́ст. Вот его́ <u>статья́</u>. Он ча́сто пи́шет <u>статью́</u>.

Моя́ ба́бушка лю́бит гото́вить <u>ры́бу</u>, <u>мя́со</u>, <u>о́вощи</u>. А вам нра́вятся <u>ры́ба</u>, <u>мя́со</u>, <u>о́вощи</u>?

頁167：4

Ван Лин неда́вно живёт в Москве́. И ещё пло́хо зна́ет <u>её</u>.

Вот мои́ роди́тели. Я о́чень люблю́ <u>их</u>.

Мой друг хорошо́ понима́ет <u>меня́</u>.

Говори́те! Я слу́шаю <u>Вас</u>.

Повтори́, пожа́луйста, я не понима́ю <u>тебя́</u>.

Это мой люби́мый фильм. Я ча́сто смотрю́ <u>его́</u>.

Мы ещё пло́хо говори́м по-ру́сски, никто́ не понима́ет <u>нас</u>.

УРОК 10 第十課

一 單詞 ▶ MP3-260

молодёжный	形 青年的、年輕人的	куда́	副 到哪裡、往何處
отли́чно	副 極好、優秀地	зоопа́рк	陽 動物園
ра́ньше	副 從前、過去	ходи́ть	未 不定向 去、往
тепе́рь	副 現在	е́здить	未 不定向（乘車、船
занима́ться	未 學習、做功課		等）去、來
пото́м	副 以後、後來	никуда́	副 哪裡也（不）、任何
спать	未 睡覺		地方也（不）
вчера́	副 昨天	туда́	副 往那裡、去那邊
никогда́	副 （用於否定句）永	сюда́	副 到這裡、往這裡
	（不）	домо́й	副 回家、往家裡
позавчера́	副 前天	гора́	陰 山
посо́льство	中 大使館	по́езд	陽 火車
истори́ческий	形 歷史的	велосипе́д	陽 自行車
па́мятник	陽 紀念碑；文物、遺跡	такси́	不變 中 計程車
бо́лен (-льна́, -льно́, -льны́)		ле́то	中 夏天
	形 （短尾）生病	весна́	陰 春天
собра́ние	中 會、會議	зима́	陰 冬天
заня́тие	中 課、上課	год	陽 年
переда́ча	陰 轉交；廣播、廣播節	времена́ го́да	季節
	目	краси́во	副 美麗地、漂亮地
жаль	副 遺憾、可惜	загора́ть	未 曬黑、曬太陽
ве́чер	陽 晚會、晚上	пла́вать	未 游、游泳
у́жин	陽 晚餐	роди́ться	完 未 出生
неда́вно	副 不久前	сча́стлив (-а, -ы)	形 （短尾）幸福的
совреме́нник	陽 同時代的人、現代人	фотографи́ровать	未 拍照、照相
люби́мый	形 喜歡的、受愛戴的	краса́вица	陰 美人、美麗的小姐
арти́стка	女 女演員	быва́ть	未 常有、常是
ви́деть	未 看見	гости́ная	陰 客廳、接待室
худо́жник	陽 藝術家、畫家	кабине́т	陽 辦公室、書房
идти́	未 定向 走、行走	пу́шкинский	形 普希金的
е́хать	未 定向（乘車）去、	пу́шкинские места́	普希金工作、生活過
	來		的地方

встре́тить	完 遇見、迎接	случа́йно	副 偶然
пригласи́ть	完 邀請	гость	陽 客人
ско́лько лет, ско́лько зим	很久沒見面了、好久不見	недо́рого	副 不貴

⊙ 人名

Лю Шо 劉碩

Алекса́ндр 亞歷山大

Ната́лья Гончаро́ва 娜塔麗婭・岡察洛娃

⊙ 地名

Оде́сса 敖德薩

二 語法

1. 動詞的時

бу́дущее вре́мя 將來時	За́втра Ива́н бу́дет чита́ть. 明天伊萬要讀書。
настоя́щее вре́мя 現在時	Сейча́с Ива́н чита́ет. 現在伊萬正在讀書。
проше́дшее вре́мя 過去時	Вчера́ Ива́н чита́л. 昨天伊萬讀書了。

2. 動詞過去時

1) 去掉動詞不定式的詞尾-ть，加上後綴-л，即構成過去時陽性形式，再加上-а、-о、-и就分別構成陰性、中性和複數形式。

數	性	чита́ть	учи́ться
單數	陽性	он (я, ты) чита́**л**	учи́**лся**
	陰性	она́ (я, ты) чита́**ла**	учи́**лась**
	中性	оно́ чита́**ло**	учи́**лось**
複數		они́ чита́**ли**	учи́**лись**

（注）：帶-ся動詞構成過去時時，詞末保留-ся，只是在母音後-ся變為-сь，如：

(он) занима́лся、(она́) занима́лась。

2) 意義：過去時表示說話時刻以前發生的行為或狀態，如：

Ра́ньше я жила́ в Москве́. 以前我住在莫斯科。

3. 動詞быть的用法（1）

когда́?	кто?		где? (6)
Сейча́с	Анто́н		в теа́тре.
Вчера́	Ви́ктор	был	в теа́тре.
В воскресе́нье	Анна	была́	на стадио́не.
Утром	Ви́ктор и Анна	бы́ли	в посо́льстве.

1) 動詞быть表示「在（到、去）⋯⋯地方」。

2) быть常與表示地點的副詞如там、тут、здесь等連用，也常與帶前置詞в、на的第六格名詞連用。

3) быть的現在時省略不用，過去時為был、была́、бы́ли表示「到（去）過⋯⋯地方」。如：Анто́н до́ма.（安東在家。）（現在時）；Вчера́ ве́чером Анто́н был до́ма.（昨天晚上安東在家。）（過去時）。

4) 在否定句中，быть的過去時形式重音發生變化，陽性和複數重音在否定語氣詞не上面，如：не́ был、не была́、не́ были。

когда́?	где?		что?
Сейча́с	в кла́ссе		уро́к.
Вчера́	в клу́бе	был	конце́рт.
	в университе́те	была́	ле́кция.
	в аудито́рии	бы́ло	собра́ние.
		бы́ли	заня́тия.

動詞быть還可以表示「有」。其現在時為есть，常省略；過去時為был、была́、бы́ло、бы́ли（曾有、有過）。它在句中作謂語，要與後面的主語保持一致。如：Сейча́с уро́к.（現在正在上課。）（現在時）；В клу́бе был конце́рт, была́ ле́кция.（俱樂部曾舉辦了音樂會，舉辦了講座。）（過去時）。

4. 運動動詞идти́和е́хать

	в университе́т.
	в Пеки́н.
Я иду́ (е́ду)	в дере́вню.
	на уро́к.
	на дискоте́ку.
	на мо́ре.

動詞идти́和е́хать是定向運動動詞，表示有一定方向的具體運動。идти́表示步行，е́хать表示借助某種交通工具。動詞идти́和е́хать後要求表示方向的副詞（如：домо́й）及帶前置詞в、на的第四格名詞，表示運動的方向，回答куда́（往、去哪裡）的問題。

в表示「到⋯⋯裡面去」，如：в институ́т、в Москву́。

на表示「到⋯⋯上面去」，如：на стадио́н、на мо́ре。

на還可以表示「去參加某種活動」，如：на собра́ние、на ле́кцию。

（注）：идти́的過去時形式需要記住：шёл、шла、шли。

5. 運動動詞ходи́ть和е́здить

動詞ходи́ть和е́здить是不定向運動動詞，表示沒有一定方向的運動。ходи́ть表示步行，е́здить表示借助交通工具，後面要求帶前置詞в和на的名詞第四格形式。ходи́ть和е́здить的過去時表示動作主體到達某地方後又回到原地，即往返一次的運動，在詞義上等於быть。例如：Я ходи́л (е́здил) в библиоте́ку. = Я был в библиоте́ке.（我去過圖書館。）

試比較идти́、ходи́ть和е́хать、е́здить的用法：

Куда́ ты идёшь? 你這是（步行）去哪裡？

Куда́ ты е́дешь? 你這是（坐車）去哪裡？

運動動詞идти́、е́хать用於向正在步行或乘交通工具的人提問。

Я ходи́л на по́чту. 我去過郵局。

Я е́здил в Пеки́н. 我去過北京。

運動動詞ходи́ть、е́здить的過去時表示往返的動作。

6. 交通工具的表示法

前置詞на接名詞第六格形式，表示乘坐的交通工具。如：на авто́бусе（坐公車）、на по́езде（坐火車）等。

目 句型

1. В понеде́льник я обы́чно у́жинаю в столо́вой. 星期一我通常在食堂吃晚飯。

前置詞в與表示「星期幾」的名詞第四格連用，表示行為發生的時間，「（在）星期幾」，回答когда́的問題。

2. Вчера́ он был за́нят. 昨天他很忙。

動詞быть在句中作繫詞，表示「是」的意思。與形容詞短尾（如：бо́лен、за́нят、рад等）構成合成謂語，現在時形式不用。如：Она́ больна́、они́ за́няты、она́ была́ больна́、они́ бы́ли за́няты。

3. Анна не смотре́ла э́тот спекта́кль и не ви́дела арти́стку. 安娜沒看這場話劇，因此沒見到女演員。

動詞смотре́ть表示「觀看、參觀⋯⋯」，如：смотре́ть фильм（看電影）、смотре́ть вы́ставку（參觀展覽），也可以和前置詞в或на連用，指出目光的方向，表示「瞧、看、望⋯⋯」，如：смотре́ть на ка́рту（看著地圖）、смотре́ть в окно́（往窗外看）。

動詞ви́деть表示「看見、看到誰或什麼」，如：ви́деть Анто́на（看見安東）、ви́деть мо́ре（看見大海），還可以表示「視力如何」，如：Де́душка пло́хо ви́дит.（爺爺視力不好。）

四 參考譯文

頁169：II

— 尤拉，你在哪裡上學？
— 在學院。
— 你們學院在哪裡？
— 在青年街。

— 你們在講俄語。你們是俄羅斯人嗎？
— 不是，我們是外國人：中國人、法國人、
  美國人。
— 你們在哪裡學俄語？
— 在大學裡。我們已經很了解對方。

— 維克多，你好！最近好嗎？
— 還好。你過得怎麼樣？
— 謝謝，一切還好。

— 年輕人！這裡禁止抽煙。
— 哪裡可以抽煙呢？
— 外面。
— 對不起。

— 奧爾加，您現在住在哪裡？是住宿舍嗎？
— 是的，是住宿舍。
— 你們宿舍在哪？
— 在契訶夫街19號。

— 約翰，你在空閒時都做什麼？
— 在花園裡散步。那你呢？
— 而我喜歡讀偵探小説。

— 請問，哪裡可以買到《運動》雜誌？
— 在書報攤或地鐵站。
— 謝謝。

頁171：III

— 請問，10號樓在哪裡？
— 你看，在那裡，右邊就是。

— 你現在在看什麼？
— 我在看《新聞》節目。

— 看，誰在那裡打網球？
— 安東和安娜在打網球，而維克多和瑪莉亞
  在打乒乓球。

— 明天有測驗。請複習新單詞和語法。

— 請問，這是什麼站？
— 這是文化公園站。
— 噢！我到站了。

— 你在做什麼菜？
— 我在做中式魚。
— 太好了。

頁173：16

從前馬凌住在北京。而現在他住在莫斯科。

從前馬凌在中學就讀。而現在他在大學就讀。

從前馬凌只講中文。現在他已經能講點俄語。

頁174：1д

— 伊拉，妳以前住在什麼地方？
— 我以前住在彼得堡。
— 那你們家現在住在哪裡？
— 我們家以前也住在彼得堡，而現在住在莫斯科。

— 安東，你以前在哪裡工作？
— 我沒在哪裡工作。我在中學就讀。
— 那你現在在哪裡工作？
— 我還沒工作，在大學就讀。

頁174：2a

　　昨天晚上大學生們休息了。約翰聽了音樂。瑪莉亞寫了信。維克多和安東在運動場踢了足球。王玲看了電視上放的有趣電影。

頁175：3a

— 約翰，你昨天做什麼了？
— 早晨我在大學讀書了。
— 那白天呢？
— 白天我吃了午餐，然後在家休息了。
— 那你什麼時候做家庭作業？是晚上嗎？
— 是的，晚上我做了家庭作業。

頁176：4a

— 馬凌，你星期一做什麼了？
— 星期一我在圖書館讀書了。

— 瑪莉亞，妳星期六做什麼了？
— 星期六早晨我睡覺了，而晚上看了電視裡播放的話劇。

頁177：6a

— 約翰，您昨天去哪裡了？
— 我去了大使館。那您呢，瑪莉亞？
— 我在家。

— 劉碩和王玲，你們去過莫斯科哪些地方了？
— 我們哪裡都還沒去。

— 克拉拉，妳去過阿爾巴特街了嗎？
— 沒有，還沒去過。阿爾巴特街在什麼地方？

— 安娜，您已經去過克里姆林宮了嗎？
— 是的，星期天我去了那裡。我喜歡克里姆林宮和歷史古蹟。

— 讓，你星期三去大使館了嗎？
— 是的，去了。
— 那去銀行了嗎？
— 也去了。

範例：

— 瑪莉亞，妳昨天去哪裡了？

— 在家。/ 我昨天在家。

— 那妳做什麼了？

— 先準備了晚餐，然後休息了。

範例：

— 安娜，妳星期二聽講座課了嗎？

— 沒有，沒去。

— 為什麼？

— 因為我病了。我去了診所。

— 讓，為什麼你星期三沒來參加晚會？

— 因為我很忙。我去了大使館。

— 約翰，你昨天為什麼沒來學校？

— 我生病了。昨天有什麼活動？

— 上午上課，而下午有一個非常有趣的遊覽。

— 安娜，妳知道星期六俱樂部有過什麼活動嗎？

— 當然知道，安東。那裡有過音樂會，然後是迪斯可舞會。

— 真遺憾！我那天很忙。

— 維克多，你昨天晚上去哪裡了？

— 哪裡也沒去，待在家裡了。昨天電視播放了一些很有趣的節目。

伊萬：　　維克多，你昨天做什麼了？

維克多：　我去了現代人劇院。

伊萬：　　你看了什麼話劇？

維克多：　我看了話劇《三姊妹》。昨天我喜歡的演員馬林娜·涅約洛娃演出了。你知道她嗎？

伊萬：　　當然知道。不久前我在電視上看了一場新話劇，劇裡也看見了她。

— 約翰，你去食堂了嗎？

— 是的，去了。

— 你在那裡見到安東了嗎？

— 是的，我看見他了。他在吃午餐。

— 王玲，妳去俱樂部了嗎？
— 去了。
— 妳在那裡看見誰了？
— 維克多和安娜。

頁182：13

— 維克多，你（步行）去哪裡？
— 我去食堂。

— 瑪莉亞，您（步行）去圖書館嗎？
— 是的，是去圖書館。

— 告訴我，你們去哪裡？是走回家嗎？
— 不，我們是去博物館看展覽。

頁183：14

範例：
— 你好，約翰！
— 你好，伊萬！你（步行）去哪裡？是去商店嗎？
— 是的，我是去商店。那你呢？
— 我回家。

頁184：17

範例：
— 你好，安東！你坐車去哪裡？
— 我去運動場。你呢？
— 我也去那裡。

頁185：18

— 伊萬，你（步行）去哪裡？
— 我去看展覽。我們一起去吧，維克多！
— 不，謝謝。我昨天已經去過那裡了。非常有趣的展覽。

— 約翰、湯姆，你們（坐車）去哪裡？
— 我們（坐車）去運動場踢足球。
— 我們早晨已經（坐車）去過那裡了，打了籃球。

頁185：19

範例：
— 王玲，妳星期五去哪裡了？
— 我去了趟博物館。你呢？
— 而我哪裡也沒去。待在家裡了。

10

— 約翰，您夏天去了哪裡？
— 夏天我回了家鄉，美國。您呢？
— 我去了山區。

頁186：20a

範例：
— 安東星期四去哪裡了？
— 星期四他去了郵局。

頁187：21

範例：
— 維克多，你今天早晨去哪裡了？
— 我去了診所。你呢？你去哪裡了？
— 我去了銀行。

— 安娜，妳夏天去哪裡了？
— 我去了鄉村。你呢？你去了哪裡？
— 我待在家裡，哪裡也沒去。

頁189：23a

　　秋天冷。但是安娜喜歡秋天，因為秋天是很美的季節。現在安娜走著去公園。她喜歡在那裡散步，尤其是在秋天。秋天公園裡的葉子有紅色的、黃色的、綠色的。真美！

　　維克多喜歡夏天，因為夏天有假期。夏天他去了海邊，在那裡休息。他常常游泳、曬太陽，還去了山區遠足。

　　伊萬喜歡冬天，因為冬天他在鄉村休息。不久前伊萬去了鄉村。在那裡他在森林裡散步。冬天的森林非常美。

　　冬天很冷，所以安東不喜歡冬天。他喜歡春天。春天很暖和，天氣很好並且可以在公園裡散步。

頁190：24a

範例：
— 安娜，妳去過蘇茲達里嗎？
— 是的，我去過蘇茲達里。
— 那妳是什麼時候去的？
— 秋天。

— 請問，你們春天去了哪裡？

— 春天我們去了彼得堡遊覽。

— 坐汽車還是火車？

— 坐火車。

— 劉碩，妳什麼時候見了爺爺和奶奶？

— 不久前。冬天我（坐車）去了鄉村過假期。他們特別高興見到我。

頁191：26a

星期六瑪莉亞、克拉拉、湯姆參加了「普希金在莫斯科的足跡」參觀活動。這是一次非常有趣的參觀。朋友們是這樣說的：

瑪莉亞：「我以前知道亞歷山大‧謝爾蓋耶維奇‧普希金是偉大的俄羅斯詩人。我已經讀過他英文版的詩。但我以前不知道普希金出生在莫斯科。現在我知道莫斯科是他的故鄉。普希金和他的妻子在莫斯科的阿爾巴特街生活過。後來他全家搬到了彼得堡。但在莫斯科住著他的朋友們，所以他經常來莫斯科。他非常喜歡莫斯科。『莫斯科！我多麼愛你……』普希金寫到。」

克拉拉：「我非常高興去參觀了位於阿爾巴特街的普希金故居博物館。在那裡的肖像畫上我看到了普希金和他的妻子。亞歷山大‧謝爾蓋耶維奇是俄羅斯的第一詩人。他的妻子娜塔麗婭‧岡察洛娃是莫斯科的第一美女。他們曾經在那裡生活，曾經很幸福。我在博物館看到了他們的肖像畫。

我看到了書房。在這裡詩人工作、寫詩。我去了他們的客廳。普希金和他的妻子在這裡休息、聽音樂。他們的朋友們來過這裡。他們讀詩，交談，交談，交談……」

湯姆：「星期六我和我的朋友們坐巴士遊覽。我們看到了很有趣的、普希金在莫斯科生活過的地方。我拍了很多照片。這就是我的照片。你們請看！」

頁193：28a

伊萬：　你好，安東！

安東：　啊，伊萬！好久不見了！你到哪裡去了？去了什麼地方？為什麼不打電話？

伊萬：　我去了趟彼得堡，在那裡工作了。

安東：　你去了趟彼得堡？太有意思了！我非常喜歡這個城市，但很久沒去了。

伊萬：　是的，我也喜歡彼得堡。

安東：　那就講一講，你做了什麼，去了什麼地方，看見誰了？

伊萬：　你要知道，我在那裡很多工作：寫文章，當然，還攝影。

安東：　好，白天你工作，那晚上呢？

伊萬：　星期二晚上我去了劇院。星期五晚上去看了展覽。在那裡我偶然遇見了一個朋友和他的妻子。

安東：　你的朋友也是莫斯科人？

伊萬：　不，他們現在住在彼得堡。以前我們一起在莫斯科讀大學。

安東：　我覺得，當時你們見面一定非常高興。

伊萬：　是的，當然非常高興。我的朋友們邀請了我去做客。我們聊了很久，聽了音樂，看了老照片。

> 好久不見，久違了！

頁170：2

— Где нахóдится ГУМ?

— ГУМ нахóдится в цéнтре.

— Что лю́бит дéлать вáша бáбушка?

— Моя́ бáбушка лю́бит смотрéть сериáлы.

— Джон хорошó говори́т по-рýсски?

— Да, Джон хорошó говори́т по-рýсски.

— Какóй сегóдня день?

— Сегóдня суббóта.

— Здесь мóжно кури́ть?

— Нет, здесь нельзя́ кури́ть.

— Что лю́бят дéлать вáши друзья́?

— Мои́ друзья́ лю́бят игрáть в шáхматы.

— Что лю́бит дéлать Ви́ктор?

— Ви́ктор лю́бит читáть детекти́вы.

— Какóй язы́к знáет твоя́ стáршая сестрá?

— Моя́ стáршая сестрá знáет францýзский язы́к.

— Когó ты ждёшь?

— Я жду дрýга.

— Вы меня́ понимáете?

— Нет, я не понимáю вас.

頁188：22

Антóн и Анна éздили в университéт на трамвáе.

Антóн и Анна éздили в Сýздаль на автóбусе.

Антóн и Анна éздили в парк на велосипéде.

Антóн и Анна éздили на проспéкт Нóвый Арбáт на метрó.

Антóн и Анна éздили в цирк на такси́.

Антóн и Анна éздили в Санкт-Петербýрг на пóезде.

頁195：2

Что	вы пи́шете?	Письмó.
Как	вас зовýт?	Анна Ивáновна.
Почемý	вы нé были на экскýрсии?	Былá больнá.
Что	вы дéлали вчерá днём?	Занимáлся.
Когдá	вы éздили на мóре?	Лéтом.
Кудá	вы ходи́ли ýтром?	В посóльство.
Скóлько	стóят эти цветы́?	Недóрого.

— Вы ézдили на мóре лéтом?

— Нет, не ézдили.

— А где вы бы́ли?

— Мы бы́ли в дерéвне. Там мы ходи́ли в лес, гуля́ли. А куда́ ты ézдил?

— Я ézдил в Су́здаль. Я ézдил туда́ на маши́не.

1) Мой друг éдет в Петербу́рг на маши́не.

2) Сейча́с переры́в. Мы идём в столóвую.

3) Анна больна́. Сейча́с она́ идёт в поликли́нику.

4) Сейча́с кани́кулы. Студéнты éдут домóй на рóдину.

5) Друзья́ иду́т в гóсти.

— Куда́ ты идёшь?

— Я иду́ в библиотéку.

— А вы куда́ идёте?

— А мы идём домóй.

— Ты éдешь (ézдил) в Пеки́н?

— Нет, я éду (ézдил) в Шанха́й. Сейча́с мой родúтели живу́т там.

1) Сейча́с я иду́ в столóвую, в теáтр, в рестора́н, на вы́ставку, в посóльство.

   Вчера́ я ходи́л в столóвую, в теáтр, в рестора́н, на вы́ставку, в посóльство.

   Вéчером я был в столóвой, в теáтре, в рестора́не, на вы́ставке, в посóльстве.

2) Джон éдет в Амéрику, во Фра́нцию, в Нью-Йóрк, в Росси́ю, в Пари́ж, в Москву́.

   Неда́вно Джон был в Амéрике, во Фра́нции, в Нью-Йóрке, в Росси́и, в Пари́же, в Москвé.

   Лéтом Джон ézдил в Амéрику, во Фра́нцию, в Нью-Йóрк, в Росси́ю, в Пари́ж, в Москву́.

3) Мари́я ещё не была́ в Одéссе, в Петербу́рге, в Вóлогде, в Смолéнске.

   Её подру́га ужé ézдила в Одéссу, в Петербу́рг, в Вóлогду, в Смолéнск.

   Сейча́с они́ вмéсте éдут в Одéссу, в Петербу́рг, в Вóлогду, в Смолéнск.

4) Ви́ктор за́нят. Он не идёт на стадиóн, на дискотéку, на концéрт.

   Антóн вчера́ ходи́л на стадиóн, на дискотéку, на концéрт.

   Джон тóже был на стадиóне, на дискотéке, на концéрте.

— Ты ужé был в ци́рке?

— Да, я ужé ходи́л туда́. А ты?

— А я ещё нé был там.

— Ты не зна́ешь, где Ма Лин?

— Он дóма.

— А куда́ ты идёшь?

— Я тóже иду́ домóй.

一 單詞 ▶ MP3-261

пешко́м	副	徒步、步行
сде́лать	完	做
написа́ть	完	寫
положи́ть	完	放進、放入
посмотре́ть	完	觀看、參觀；望、看
пригото́вить	完	準備、做飯
узна́ть	完	得知；打聽
раз	陽	次
ме́сяц	陽	月（份）
поря́док	陽	秩序、次序
всё в поря́дке		一切就緒、一切都好
реша́ть	未	解決
реши́ть	完	解決
зада́ча	陰	任務、問題
пока́зывать	未	給……看……；使參觀
показа́ть	完	給……看……；使參觀
пра́вильный	形	正確的、對的
отве́т	陽	回答
до́лго	副	很久
послу́шать	完	聽
есть	未	吃飯、吃東西
съесть	完	吃飯、吃東西
пить	未	喝、飲
вы́пить	完	喝、飲
голо́дный	形	饑餓的
повтори́ть	完	重複、複習
сказа́ть	完	說、講
вы́учить	完	讀熟、學會
кассе́та	陰	錄音帶
покупа́ть	未	買
купи́ть	完	買

куда́-нибу́дь	副	隨便往何處、不管到哪裡
забыва́ть	未	忘記
забы́ть	完	忘記
пойти́	完	開始走、開始去
пое́хать	完	（乘車、馬、船等）開始走、開始去
ска́зка	陰	童話
посади́ть	完	讓……坐下；種植、栽種
дед	陽	祖父、老爺爺
ре́па	陰	（小）蕪菁
расти́	未	生長
вы́расти	完	生長
тащи́ть	未	拉出、拔出
вы́тащить	完	拉出、拔出
звать	未	召喚、邀請
позва́ть	完	召喚、邀請
ба́бка	陰	奶奶、姥姥
вну́чка	陰	孫女、外孫女
мы́шка	陰	（小）老鼠
дикта́нт	陽	聽寫
фрукт（常用複數фру́кты）	陽	水果、鮮果
вку́сный	形	可口的、好吃的
опа́здывать	未	遲到
опозда́ть	完	遲到
кото́рый	代	第幾
час	陽	小時
недо́лго	副	（時間）不長地、短時間地
полчаса́	陽	半小時

лечь	完 躺下、睡下	недалеко́	副 不遠
хоте́ть	未 想、希望	замеча́тельно	副 好極了、出色地
свой, своя́, своё, свои́		цветно́й	形 彩色的
	代 自己的	бульва́р	陽（城市中的）林蔭道、林蔭道式的街心花園
попуга́й	陽 鸚鵡		
проверя́ть	未 檢查、考驗	па́спорт	陽 公民證、護照
прове́рить	完 檢查、考驗	пра́здник	陽 節日
рожде́ние	中 出生、誕生	встреча́ться	未 相遇、會見
день рожде́ния	生日	встре́титься	完 相遇、會見
мочь	未 能、能夠、有能力	удо́бно	副 舒適地、方便地
смочь	完 能、能夠、有能力	кло́ун	陽 小丑、丑角
к	前（三格）（表示方向）朝、向；在……時間之前	называ́ться	未 叫做、稱作
		иде́я	陰 主意、想法
		отдохну́ть	完 休息
дека́н	陽 系主任	план	陽 計畫
далеко́	副 遠	меня́ть	未 兌換、交換
бана́н	陽 香蕉	поменя́ть	完 兌換、交換
ве́тер	陽 風	уста́ть	完 感到疲乏、疲倦
дождь	陽 雨		

◉ **俄羅斯人姓**

Верна́дский 韋爾納茨基　　　　　　Нику́лин 尼庫林

◉ **地名**

Мадри́д 馬德里　　　　　　　　　Чёрное мо́ре 黑海

Влади́мир 弗拉基米爾　　　　　　Крым 克里米亞

▣ 語法

1. 動詞體的對應形式

　　俄語中大多數動詞都有對應的未完成體（несоверше́нный вид）和完成體（соверше́нный вид）兩種形式。它們的詞彙意義相同，只是體的意義不同。動詞體的對應形式中，常見的有以下幾種：

1) 有些動詞的未完成體沒有前綴，而對應的完成體則有前綴。例如：чита́ть – **про**чита́ть、писа́ть – **на**писа́ть、смотре́ть – **по**смотре́ть等。

2) 不少動詞的未完成體有後綴-а-（-я-），而對應的完成體則有後綴-и-。例如：реша́ть – реши́ть、повторя́ть – повтори́ть等。

3) 很多動詞的未完成體有後綴-ва-、-ыва-（-ива-），而對應的完成體則沒有這些後綴。例如：пока́зыва ть – показа́ть等。

4) 少數動詞體的對應形式特殊，應逐一記住。例如：говори́ть – сказа́ть等。

2. 動詞體的基本意義

1) 完成體可以表示延續行為的結束、結果；而未完成體則表示行為本身、行為的延續，不指明它是否結束，是否有結果。試比較：

   (1) Вчера́ я гуля́л, чита́л газе́ты, писа́л пи́сьма, игра́л в футбо́л.
       昨天我散了步，讀了報，寫了信，踢了足球。

   (2) Вчера́ я мно́го сде́лал: прочита́л газе́ту, написа́л пи́сьма, пригото́вил у́жин, посмотре́л фильм.
       昨天我做完了很多事情：看完了報，寫好了信，做好了晚餐，看完了電影。

2) 完成體可以表示一次有結果的行為，而未完成體表示經常發生的行為。試比較：

   (1) Ра́ньше я звони́л домо́й ча́сто, ка́ждый день, а тепе́рь раз в ме́сяц.
       以前我經常打電話回家，每天都打，而現在是每月一次。

   (2) А вчера́ я позвони́л домо́й и сказа́л, что у меня́ всё в поря́дке.
       昨天我打電話回家，說我這裡一切都好。

3) 未完成體表示行為的持續。如：

   Я чита́л расска́з два часа́. 我讀了兩個小時的短篇小說。

（注）：動詞體的使用與句中時間狀語的意義有密切關係。

   未完成體動詞常與副詞до́лго或два часа́等類型的第四格片語連用，表示延續一定時間的行為或狀態。例如：Он до́лго учи́л но́вые стихи́, 2 часа́.（他背了很長時間的新詩，兩個小時。）此外，未完成體動詞常與ча́сто、ре́дко、обы́чно、иногда́、всегда́等副詞或ка́ждый день類型的第四格片語等連用，表示反覆、經常的行為。例如：Ива́н чита́ет журна́л ка́ждый день.（伊萬每天都看雜誌。）

3. 時間標記法

1) 用數量數詞第一格形式加上час、мину́та等構成的片語表示「幾點幾分」，回答кото́рый час?（幾點了？）或ско́лько вре́мени?（幾點鐘？）的問題。

   Сейчас 1 (оди́н) час   1 (одна́) мину́та.
   2 (два), 3, 4 часа́   2 (две), 3, 4 мину́ты.
   5 – 20 часо́в   5 – 20 мину́т.

   數量數詞2（два、две）、3（три）、4（четы́ре）後面接名詞單數第二格，數量數詞5—20後面接複數第二格。час的單數第二格為часа́，複數第二格為часо́в，мину́та的單數第二格為мину́ты，複數第二格為мину́т。在日常口語中час和мину́та可以省略。

2) 用數量數詞第四格形式加上час、мину́та等構成的片語還可以表示某個行為進行了多久，持續了多長時間，回答как до́лго?（多久？）或ско́лько вре́мени?（多長時間？）的問題。如：
   Джон учи́л но́вые слова́ 2 часа́.（約翰背了兩個小時的新單詞。）

3) 用帶前置詞в的數量數詞第四格形式加上час、мину́та等構成的片語表示「在幾點幾分」，回答когда́（什麼時候？）的問題。如：Утром роди́тели встаю́т в пять часо́в три́дцать мину́т.（早上父母（在）5點半起床。）

4. 名詞單數第三格（1）

	к кому́ (3)	詞尾
Мы идём	к Анто́ну (Анто́н). к дру́гу (друг).	子音加-у
	к Анне (Анна). к подру́ге (подру́га).	-а變-е

1) 陽性名詞單數第三格詞尾為硬子音加-у，陰性為-а變-е。
2) 前置詞к表示方向，後面與表示人的名詞第三格連用，表示「到某人那裡」的意思，回答куда́（去哪裡？）或к кому́（去誰那裡？）的問題。

三 句型

1. Я хочу́ спа́ть. 我想睡覺。

在表示人的願望和意圖時，使用動詞хоте́ть加上另一個動詞不定式。如：Я хочу́ есть.（我想吃東西。）在動詞хоте́ть後面既可以接未完成體動詞不定式，又可以接完成體動詞不定式。如：Я хочу́ учи́ться в университе́те.（我想上大學。）；Я хочу́ прочита́ть э́тот рома́н.（我想把這本小說讀完。）未完成體動詞不定式強調的是希望進行某行為，完成體動詞不定式強調的是行為的結果。

2. Она́ мо́жет говори́ть по-ру́сски. 她能講俄語。

在表示某人能夠或有能力做某事時，使用動詞мочь加上另一動詞不定式。如：Я могу́ писа́ть по-кита́йски.（我能寫中文。）；Я могу́ съесть все бана́ны.（我能吃掉所有的香蕉。）

四 參考譯文

頁199：1

— 約翰，你星期六晚上去哪裡了？
— 星期六晚上？我在家。

— 安娜，妳去過倫敦嗎？
— 沒有，沒去過。你呢？
— 我已經去過了。我很喜歡倫敦。

— 安東，你知道維克多昨天晚上去哪裡了嗎？
— 知道。他去了診所，因為他生病了。

— 瑪莉亞，您見到約翰了嗎？
— 看見了，他現在在食堂。

— 安東，你已經去看過馬戲團表演了嗎？
— 是的，去了。我非常喜歡馬戲團表演。

— 您知道哪裡可以買花嗎？
— 我覺得，在花店或商店可以買花。

— 你們去過黑海嗎？
— 沒有，我們還沒去過。
— 夏天我們一起去那裡吧！

— 你要坐地鐵回家嗎？
— 不，坐公車。我不喜歡地鐵。

頁200：III

a)
— 約翰，您昨天為什麼沒來上課？　　　　— 克拉拉，妳好！妳去哪裡？
— 我生病了，葉蓮娜·伊萬諾夫娜。　　　　— 去郵局。那你呢？

б)
— 劉空，你星期六去哪裡了？　　　　　　— 王玲，您夏天去哪裡了？
— 星期六早晨我去了商店。晚上去了電影院。— 夏天我回了趟家鄉，中國。

в)
— 讓，你昨天晚上去哪裡了？　　　　　　— 瑪莉亞，您已經去過彼得堡了嗎？
— 我去了運動場，打網球了。　　　　　　— 是的，我夏天去了那裡。

頁204：1a

— 貓做了什麼？　　　　　　　　　　　　— 牛奶在哪裡？
— 貓喝了牛奶。　　　　　　　　　　　　— 貓把牛奶喝光了。

— 狗餓不餓？　　　　　　　　　　　　　— 肉在哪裡？剛才還在這裡。
— 不餓，牠剛吃了肉。　　　　　　　　　— 狗把肉吃光了。

— 現在貓和狗在睡覺。

頁204：1б

— 你昨天晚上做什麼了？　　　　　　　　— 您今天看報了嗎？
— 看電視了。　　　　　　　　　　　　　— 沒有，還沒看。

— 你昨天去哪裡了？　　　　　　　　　　— 妳昨天為什麼沒去看展覽？
— 在家，做了作業。　　　　　　　　　　— 我在圖書館學習了。

— 妳已經背會新單詞了嗎？　　　　　　　— 王玲，妳昨天晚上做什麼了？妳背新單詞了
— 我背了，但還沒背會。單詞非常難。我掌　　 嗎？
　 握得還不好。　　　　　　　　　　　　— 當然背了。我很快背會了新單詞，並讀完了新
　　　　　　　　　　　　　　　　　　　　　 課文。
　　　　　　　　　　　　　　　　　　　— 那妳後來做什麼了？
　　　　　　　　　　　　　　　　　　　— 後來我看了電視播放的電影。

— 你已經寫完練習了嗎？　　　　　　　　— 維克多，你星期六做什麼了？
— 寫完了。　　　　　　　　　　　　　　— 星期六？我給雜誌社寫文章了。
— 那請把教科書給我。　　　　　　　　　— 寫完了嗎？
　　　　　　　　　　　　　　　　　　　— 是的，寫完了。星期三文章已經在雜誌上刊登
　　　　　　　　　　　　　　　　　　　　 了。你看雜誌了嗎？
　　　　　　　　　　　　　　　　　　　— 沒有，還沒看。

— 您讀完新課文了嗎？
— 沒有，還沒讀完，因為這是一篇很長的課
　文。

— 妳已經買好帽子了嗎？
— 買好了。
— 給我看看。
— 這就是，你看。

頁205：2a

— 約翰，你已經讀完文章了嗎？
— 是的，讀完了。
— 請把報紙給我。

— 王玲，妳已經買好禮物了嗎？
— 買好了。
— 請給我看一看。

— 克拉拉，您已經聽完音樂了嗎？
— 是的，聽完了。
— 請把錄音帶給我。

— 伊萬，你已經做好照片了嗎？
— 是的，做好了。
— 請給我看看。

頁206：3a

範例：
— 安娜，妳已經做完家庭作業了嗎？
— 做完了。
— 那我們一起去看展覽吧。我買好了票。
— 好極了。

一起去

劇院
體育場
展覽會
電影院
參觀
看馬戲團表演
隨便什麼地方

頁206：3б

範例：
— 維克多，我們一起去踢足球吧！
— 對不起，現在我很忙。我還沒讀完新課文。

頁206：4a

— 約翰，您為什麼不複習新單詞？
— 我昨天晚上已經複習好了。

— 冷嗎？
— 冷！
— 湯姆，那你為什麼不買手套呢？
— 我已經買了，但忘在家裡了。

— 克拉拉，您為什麼不去吃午餐？
— 我已經吃完午餐了。

頁207：童話〈蕪菁〉

童話〈蕪菁〉

　　老公公種了個蕪菁，蕪菁越長越大，大得不得了。老公公就去拔蕪菁，拔不動。老公公喊來了老婆婆。老公公和老婆婆一起拔蕪菁，還是拔不動。老婆婆喊來了小孫女。老公公、老婆婆和小孫女一起拔蕪菁，還是拔不動。小孫女喊來了小狗茹奇卡。老公公、老婆婆、小孫女和茹奇卡一起拔蕪菁，還是拔不動。茹奇卡叫來了小貓。老公公、老婆婆、小孫女、茹奇卡、小貓一起拔蕪菁，還是拔不動。小貓叫來了小老鼠。老公公、老婆婆、小孫女、茹奇卡、小貓和小老鼠一起拔蕪菁，拔呀拔……蕪菁拔出來啦！

頁209：5

— 伊萬什麼時候寫了文章？
— 今天。伊萬今天寫了文章。我不知道，他是否寫完了沒。

— 安東，你經常買果汁嗎？
— 是的，經常買。我每天都買果汁。但今天我買了水果。

— 誰忘了傘？
— 這是安東忘了。他總是忘記東西。

— 妳喜歡做飯嗎？
— 不，我不喜歡做飯。我很少做飯。
　但今天我做好了可口的晚餐，我在等朋友（女）。

— 伊萬什麼時候寫完了文章？
— 今天。這就是。請看。

— 瑪莉亞，妳昨天聽寫寫得不好。妳複習單詞了嗎？
— 我總是複習新單詞。但昨天我沒複習好，因為非常忙。

— 王玲，妳寫完了給家裡的信嗎？
— 沒有，還沒寫完。我很少寫信。通常是打電話回家。

頁210：6a

範例：
昨天安東看了足球比賽。
他經常看足球比賽，因為他喜歡體育運動。

晚上我的朋友讀完了一本新的偵探小說。
昨天伊萬寫完了一篇文章。
今天早晨我們聽了「俄羅斯廣播」。
昨天晚上約翰背會了新詩。
今天讓很快解出了習題。
昨天大學生們複習好了語法。
今天老師說：「不許遲到。」
昨天白天安娜買了好吃的冰淇淋。

頁210：66

範例：

— 約翰，你昨天看完電視上放的電影了嗎？

— 是的，看完了。

— 你經常看電視上放的電影嗎？

— 不，我通常在電影院看電影。

頁211：7

範例：

— 您能告訴我現在幾點嗎？

— 現在是4點25分。

— 謝謝。

頁211：9

— 你看看，現在都幾點了？

— 5點……

— 你玩了多長時間？

— 我玩了5個小時……

— 太久了！

頁213：13

— 安娜，請問幾點了？

— 現在是2點，安東。

— 已經2點了！約翰2點鐘在圖書館等我。我們通常一起學習。

頁215：16a

範例：

我們學俄語，因為我們想説俄語。

我們想掌握俄語，因為我們想去俄羅斯留學。

頁216：17a

— 安東，你知道哪裡可以買到鸚鵡嗎？

— 鸚鵡？你想買鸚鵡？

— 是的。

— 為什麼？

— 我讀完了一篇故事並了解到鸚鵡能活200年。我想檢驗檢驗。

頁217：19

　　星期六劉空想去運動場。他想看斯巴達克隊比賽。

　　克拉拉知道，蘇茲達里是座古老的俄羅斯城市。她很想去這座城市看看。那裡住著她的朋

友。克拉拉想星期天去朋友那裡。這不太遠，她想坐車去。

頁218：20a

範例：
我了解到瑪莉亞星期六想去……，而我……

— 瑪莉亞，妳星期六想去哪裡？
— 我想去動物園。我還沒去過那裡。

— 維克多，您夏天想去哪裡？
— 夏天我想去克里米亞休假。我喜歡黑海。

— 劉空，你明天想去哪裡？
— 我想去圖書館。我喜歡在圖書館讀書。

頁218：21

範例：
安東喜歡戲劇。他想去劇院看話劇。

頁218：22

範例：
我想去馬德里，因為我從來沒見過這座城市。
　　　　　　　　我想看看這座城市。
　　　　　　　　我從來沒去過那裡。
　　　　　　　　我知道這是座美麗的城市。
　　　　　　　　那裡住著我的好朋友。

頁219：23

範例：
— 伊萬，你明天晚上想去哪裡？
— 還不知道。想去做客或去迪斯可舞廳。我們一起去吧！
— 一起去吧！

頁219：24

夏天約翰想去西班牙看朋友，因為他的朋友住在西班牙。
晚上克拉拉想去宿舍看朋友，因為她們很久沒見面了。
星期三湯姆想去診所看醫生，因為他生病了。
假期裡安東和維克多想去鄉下奶奶那裡，因為他們喜歡在鄉村休息。
星期一大學生們想去找系主任，因為他們想邀請系主任參加晚會。

安東：　安娜，妳星期天想去哪裡？

安娜：　不知道。

安東：　妳喜歡看演出嗎？我們可以去看芭蕾。

安娜：　你知道我喜歡芭蕾舞的，但我不想去劇院，因為我不久前剛去過那裡。

安東：　想去看足球嗎？我非常喜歡足球。

安娜：　足球！？我不喜歡足球。

安東：　我們可以去伊斯梅洛夫斯基公園，在那裡散散步。

安娜：　我不想散步，星期天會很冷。我不喜歡下雨和颱風。

安東：　要不我們去伊萬那裡做客吧？他住在這附近，不遠處。

安娜：　那倒不錯！那我們一起去伊萬那裡吧。我很久沒見到他了。

範例：

— 約翰，星期天晚上你想去哪裡？

— 去看馬戲團表演。我非常喜歡馬戲團表演。

— 我也想去看馬戲團表演。

— 我們可以一起去。

— 好的，我們一起去。

— 克拉拉，您假期想去哪裡？

— 我想去弗拉基米爾參觀。

— 可是我不能去那裡。我想去西伯利亞看奶奶。她早就等著我了。

　　星期六爸爸邀請我們去看馬戲團表演。我們都非常高興。

　　「我們坐計程車去看馬戲吧。」我説。

　　「不，維克多，我們坐地鐵去吧。這樣既快，又方便還不貴。」我哥哥安東説。

　　「那你們知道馬戲團在什麼地方嗎？」

　　「當然知道了。馬戲團在韋爾納茨基大街。」

　　「不，不！那裡是新馬戲團。而我們要去位於彩色林蔭道的老馬戲團。」爸爸邊説邊給我們看了看票。

　　「老莫斯科馬戲團！彩色林蔭道！我們多久沒去那裡了！」媽媽説。「所有莫斯科人，甚至外國人都知道並喜歡這個馬戲團。那裡上演的是多麼有趣的節目啊！知名演員兼小丑尤里‧尼庫林在那裡演出。現在這個馬戲團又稱為尼庫林馬戲團。」

　　「啊，馬戲！我非常喜歡馬戲！」奶奶説。「但我今天不能去。我的老朋友請我去做客。」

　　「我可以邀請我的朋友去看馬戲。他叫劉空，是中國人。我們一起在大學就讀。我知道他也喜歡馬戲。」安東説。

　　「當然可以了，安東，邀請他吧。這是個好主意！」

　　晚上爸爸、媽媽、我、我哥哥和他的朋友劉空去看了馬戲。這真是快樂的節日。音樂響起。節目非常有趣。我們休息得非常好。

11

約翰： 晚上好，克拉拉！

克拉拉： 你好，約翰！

約翰： 我想問問妳近況如何？有什麼計畫？妳星期天想做什麼？

克拉拉： 星期天10點鐘我想去郵局，打電話回家，然後想去商店買食物。

約翰： 那妳想不想去做客？

克拉拉： 做客？去誰那裡？

約翰： 去看安東。他邀請了我們去做客。

克拉拉： 那好啊！我總是很高興去看安東。

約翰： 這就好！

克拉拉： 我想，我可以星期六去郵局和商店。

約翰： 當然了！那麼星期天11點我們在地鐵大學站見面，好嗎？

克拉拉： 太好了！星期天11點見！

> 有什麼計畫？
> （讓）我們見個面吧！

五 練習題參考答案

— Вы éздили в Сýздаль на пóезде?

— Нет, на маши́не. Мы éздили в Сýздаль на маши́не.

— Когдá вы бы́ли в музéе?

— В понедéльник. Мы бы́ли в музéе в понедéльник.

— Антóн, что ты дéлал вéчером?

— Вéчером я читáл.

— Кудá вы идёте?

— На лéкцию.

— Джон, что ты лю́бишь дéлать в свобóдное врéмя?

— В свобóдное врéмя я люблю́ игрáть на компью́тере.

— Когдá кани́кулы?

— Кани́кулы лéтом.

— Почемý Антóн вчерá нé был на вéчере?

— Потомý что он был зáнят.

頁212：11a

Ви́ктор за́втракал 30 (три́дцать) мину́т. (Ви́ктор за́втракал полчаса́.)

Ви́ктор был в университе́те 4 (четы́ре) часа́.

Ви́ктор обе́дал 30 (три́дцать) мину́т. (Ви́ктор обе́дал полчаса́.)

Ви́ктор игра́л в баскетбо́л час.

Ви́ктор игра́л на компью́тере час 15 (пятна́дцать) мину́т.

Ви́ктор занима́лся 2 (два) часа́ 30 (три́дцать) мину́т.

頁214：14a

В 10 (де́сять) часо́в Джон был в университе́те.

В час 20 (два́дцать) мину́т Джон обе́дал.

В 2 (два) часа́ Джон игра́л в футбо́л.

В 4 (четы́ре) часа́ Джон был в посо́льстве.

В 6 (шесть) часо́в 30 (три́дцать) мину́т Джон звони́л домо́й.

В 9 (де́вять) часо́в 10 (де́сять) мину́т Джон смотре́л телеви́зор.

頁218：21

1. Ива́н Петро́вич лю́бит смотре́ть карти́ны и фотогра́фии. Он хо́чет пойти́ на вы́ставку «Фото-XXI».

2. Ван Лин лю́бит чита́ть. Она́ хо́чет пойти́ в «Дом кни́ги».

3. Джон лю́бит те́ннис. Он хо́чет пойти́ на стадио́н.

4. Мы лю́бим кино́. Мы хоти́м пойти́ в кинотеа́тр.

5. Друзья́ лю́бят моро́женое. Они́ хотя́т пойти́ в кафе́.

頁225：2

а) 表示事實：

1. Вчера́ на уро́ке студе́нты <u>чита́ли</u> текст, <u>повторя́ли</u> грамма́тику, а пото́м <u>писа́ли</u> упражне́ние.

2. В пя́тницу ве́чером мой брат <u>смотре́л</u> фильм по телеви́зору, а пото́м <u>слу́шал</u> му́зыку.

3. Ви́ктор <u>учи́л</u> но́вые слова́ и <u>реша́л</u> зада́чи.

б) 表示行為的結果：

1. Вчера́ на уро́ке студе́нты <u>прочита́ли</u> текст, <u>повтори́ли</u> грамма́тику, а пото́м <u>написа́ли</u> упражне́ние.

2. В пя́тницу ве́чером мой брат <u>посмотре́л</u> фильм по телеви́зору, а пото́м <u>послу́шал</u> му́зыку.

3. Ви́ктор <u>вы́учил</u> но́вые слова́ и <u>реши́л</u> зада́чи.

11

頁225：3

Я бо́лен, поэ́тому я хочу́ пойти́ в поликли́нику к врачу́.

В воскресе́нье мы хоти́м пойти́ в го́сти к бра́ту.

Ле́том Кла́ра хо́чет пое́хать в Пари́ж к ма́ме.

Анто́н не мо́жет пойти́ на факульте́т к дека́ну.

頁226：4

В де́вять часо́в Анна хо́чет пойти́ на факульте́т к дека́ну, потому́ что она́ хо́чет пригласи́ть его́ на ве́чер.

В двена́дцать часо́в пятьдеся́т мину́т Кла́ра хо́чет пойти́ в поликли́нику к врачу́, потому́ что она́ больна́.

В семь часо́в пять мину́т Анна и Кла́ра хотя́т пойти́ к Зи́не, потому́ что она́ пригласи́ла их в го́сти.

頁226：5

1. Том хо́чет поменя́ть де́ньги в ба́нке.

   Он всегда́ меня́ет де́ньги здесь.

   Джон не хо́чет меня́ть де́ньги.

2. Мари́я хо́чет пригото́вить у́жин.

   Анна не хо́чет гото́вить у́жин, она́ уста́ла.

3. Кла́ра хо́чет посмотре́ть но́вый фильм.

   Анто́н не хо́чет смотре́ть фильм, потому́ что он хо́чет пойти́ на дискоте́ку.

4. Джон хо́чет позвони́ть домо́й, он давно́ не звони́л.

   Сего́дня Ван Лин не хо́чет звони́ть домо́й, потому́ что она́ неда́вно звони́ла.

УРОК 12 第十二課

一 單詞 ▶ MP3-262

взять	完 拿、取、買	прийти́	完 走到、來到
поня́ть	完 懂、明白	рабо́та	陰 工作、工作地點
янва́рь	陽 一月	спу́тник	陽 同路人、旅伴
февра́ль	陽 二月	отту́да	副 從那裡
март	陽 三月	лека́рство	中 藥、藥品
апре́ль	陽 四月	отсю́да	副 從這裡、從此地
ию́нь	陽 六月	танцева́ть	未 跳舞
ию́ль	陽 七月	потанцева́ть	完 跳舞
а́вгуст	陽 八月	посыла́ть	未 寄出、派遣
сентя́брь	陽 九月	посла́ть	完 寄出、派遣
октя́брь	陽 十月	бассе́йн	陽 游泳池
ноя́брь	陽 十一月	переводи́ть	未 翻譯
дека́брь	陽 十二月	перевести́	完 翻譯
согла́сен (-сна, -сны)		спортза́л	陽 體育館、健身房
	形 （短尾）同意、答應	ру́сско-англи́йский 形 俄英的	
докуме́нт	陽 證件、證明文件	пода́рок	陽 禮品、禮物
не то́лько, но и 不僅、而且		вокза́л	陽 火車站
проездно́й	形 （乘車、船等）行路用	самова́р	陽 俄式茶炊
	的	конфе́та	陰 糖果
не́сколько	數 副 幾、幾個、一些	ры́нок	陽 市場
снача́ла	副 （首）先、起初	медве́дь	陽 熊
си́льный	形 有力的、強的	медве́дица	陰 母熊
энциклопе́дия	陰 百科全書	медвежо́нок	陽 小熊、幼熊
музыка́льный центр 音響組合		испуга́ться	完 害怕
ли́шний	形 多餘的、剩餘的	лес	陽 森林
самолёт	陽 飛機	таре́лка	陰 盤子
отли́чный	形 極好的、優秀的	крова́ть	陰 床
мла́дший	形 年幼的、歲數較小的	вокру́г	副 周圍、四周
с	前 （二格）自、從、由	побежа́ть	完 跑起來、跑去
из	前 （二格）自、由、	бежа́ть	未 跑、奔跑
	從……裡（往外）	прибежа́ть	完 跑到、跑來
отку́да	副 從……地方來	зи́мний	形 冬天的、冬天用的
прие́хать	完 （乘車、馬、船）來到	ле́тний	形 夏天的、夏季的

12

оптими́ст	陽 樂觀主義者	рок-му́зыка	陰 搖滾樂
пессими́ст	陽 悲觀主義者	о́чередь	陰 次序、順序
сати́ра	陰 諷刺、譏諷	случи́ться	完 發生、出現
небольшо́й	形 不大的	температу́ра	陰 溫度、體溫
удо́бный	形 舒適的、方便的	боле́ть, боли́т, боля́т	未 疼痛
сосе́д	陽 鄰居、鄰座的人	голова́	陰 頭、腦袋
во-пе́рвых	插 第一、第一點、首先	зени́т	陽 天頂、頂點、頂峰
во-вторы́х	插 第二、第二點、其次	к сожале́нию	很抱歉、很遺憾
борщ	陽 紅甜菜湯	ра́зный	形 不一樣的、各式各樣的
холо́дный	形 冷的、寒冷的	послеза́втра	副 後天
снег	陽 雪	сдать	完 考試（及格）；交付、移交
лифт	陽 電梯		
неудо́бно	副 不方便	экза́мен	陽 考試
холоди́льник	陽 冰箱	слон	陽 大象
гро́мко	副 大聲地、響亮地	ключ	陽 鑰匙

◉ 人名

Ко́стас 科斯塔斯（男）	Ма́рта 瑪爾塔（女）
Михаи́л 米哈伊爾（男）	Андре́й 安德列（男）
Луи́с 路易斯（男）	Ма́ша 瑪莎（Мари́я的小名）

◉ 地名

Кипр 賽普勒斯	Ки́ев 基輔
Камча́тка 堪察加半島	Ту́ла 圖拉
Герма́ния 德國	Псков 普斯科夫
Вашингто́м 華盛頓	Калу́га 卡盧加
Украи́на 烏克蘭	Тверь 特維爾

二 語法

1. 名詞單數第二格

性	кто (1)	что (1)	кого́ (2)	чего́ (2)	詞尾
陽性	Ви́ктор Андре́й Игорь	биле́т музе́й слова́рь	Ви́ктора Андре́я Игоря	биле́та музе́я словаря́	硬子音加-а -й變-я -ь變-я
中性		окно́ мо́ре		окна́ мо́ря	-о變-а -е變-я
陰性	Анна Мари́я	ко́мната дере́вня	Анны Мари́и	ко́мнаты дере́вни	-а變-ы -я變-и

1) 陽性、中性名詞單數第二格的詞尾是-a、-я，陰性詞尾是-ы、-и。在字母г、к、х、ж、ч、ш、щ後不寫-ы，寫-и。如：кни́га – кни́ги等。

2) 某些名詞在變為單數第二格時，詞幹中可能消失母音-о或-е，如：оте́ц – отца́等。

3) 某些名詞的第二格形式特殊，需記住，如：мать – ма́тери、вре́мя – вре́мени、де́ньги – де́нег（複數第二格）、часы́ – часо́в（複數第二格）等。

2. 名詞第二格的用法

1) 句型У (кого́) есть (кто, что)表示「（誰）有……」。前置詞у後的名詞用第二格。如：

— У кого́ есть журна́л «Москва́»? 誰有《莫斯科》雜誌？

— У Анто́на есть. 安東有。

2) 否定謂語нет，表示「沒有」的意思，被否定的人和物要用第二格形式。如：

— У Анто́на есть брат? 安東有兄弟嗎？

— Нет. У него́ нет бра́та. 不，他沒有。

3) 前置詞из、с後接第二格名詞，表示「從……地方來」，回答отку́да的問題。如：

— Отку́да прие́хал Джон? 約翰從哪裡來？

— Из Аме́рики. Он прие́хал из Аме́рики. 從美國（來）。他從美國來。

（注）：某些表示地點的前置詞之間的對應關係：

(где) в（+名詞第六格）	(куда́) в（+名詞第四格）	(отку́да) из（+名詞第二格）
в Москве́（在莫斯科）	в Москву́（去莫斯科）	из Москвы́（從莫斯科來）
на（+名詞第六格）	на（+名詞第四格）	с（+名詞第二格）
на по́чте（在郵局）	на по́чту（去郵局）	с по́чты（從郵局來）

4) 數量數詞два (две)、три、четы́ре以及以它們為末位數的合成數詞要求名詞用單數第二格。其中два與陽性、中性名詞連用，две與陰性名詞連用。如：две ло́жки（兩把勺子）、три крова́ти（三張床）。

5) 名詞第二格置於另一名詞之後表示事物的所屬，回答чей（誰的？）或како́й（什麼樣的？）的問題。如：Это теа́тр Сати́ры. (Како́й это теа́тр?)（這是諷刺劇院）；Это ко́мната ма́мы.（這是媽媽的房間。）

3. 人稱代詞第二格

кто (1)	кого́ (2)
я	меня́
ты	тебя́
он, оно́	его́ (у него́)
она́	её (у неё)
мы	нас
вы	вас
они́	их (у них)

第三人稱代詞он、она́、они́與前置詞連用時，前面要加-н-。

三 句型

В январе́ – зи́мние кани́кулы. 一月份放寒假。

前置詞в加上表示月份的名詞第六格形式，表示在某月發生了什麼事，回答「когда́?」的問題。如：в феврале́（在二月份）、в ма́рте（在三月份）。

四 參考譯文

頁229：1

— 維克多，你知道今天的迪斯可舞會在哪裡嗎？
— 不知道，但能打聽到。

— 約翰，你去哪裡？
— 我去系裡找系主任。
— 什麼事？
— 我想取回文件。

— 克拉拉，妳為什麼沒去晚會？
— 我很忙，所以我沒能去晚會。

— 讓，你為什麼不背這些詩？
— 我已經背會了。

— 瑪莉亞，想去阿爾巴特街嗎？
— 什麼時候？
— 星期六下午2點。
— 好的，我同意。

— 安東，你在這裡做什麼呢？
— 我等安娜。我們想一起回家。

— 請問，幾點了？
— 現在是7點20分。
— 謝謝。

— 湯姆，您每天買報紙嗎？
— 是的，通常我每天都買報紙。
— 那今天買了嗎？
— 沒有，今天還沒買。

頁230：III

а) — 劉空，你今天為什麼沒去體育場？
　　 — 今天冷，所以我沒去體育場。
б) — 伊萬，你看《時間》節目嗎？
　　 — 看，我想了解新聞，所以我每晚都看《時間》節目。
в) — 王玲，妳去哪裡？是去上課嗎？
　　 — 不，我去診所。今天我們的醫生上早班。
г) — 湯姆，你想星期六去蘇茲達里遊覽嗎？
　　 — 不。
　　 — 那你想去哪裡？
　　 — 星期六我想去做客。

頁234：2a

範例：

— 誰有新電視機？

— 我覺得維克多有新電視機。

頁234：26

範例：

— 王玲，妳有新錄音機嗎？

— 沒有，我沒有錄音機。

— 而我有台很好的錄音機。

頁235：3a

— 約翰，你有朋友嗎？

— 是的，有。／我有一個好朋友。

— 那他叫什麼名字？

— 湯姆。

— 克拉拉，您有妹妹嗎？

— 有。

— 她工作了嗎？

— 不，她是大學生。她在上大學。

— 瑪莉亞，妳有朋友嗎？

— 當然，我有個非常好的朋友。

— 那她住在哪裡？

— 她住在中國，北京。

— 安德列，你有姊姊嗎？

— 沒有，我有哥哥。

— 他上班還是上學？

— 他是經濟學工作者，在銀行工作。

頁235：4

範例：

— 請問，誰有俄漢辭典？

— 維克多有。／維克多有這種辭典。

— 維克多，請借用一下辭典。

— 塔妮婭，妳有哥哥嗎？

— 有。

— 請給我看看他的照片。

頁236：5

範例：

我想住在安娜住過的房間。安娜的房間裡有錄音機，而維克多的房間裡沒有錄音機。

我想住在維克多住過的房間。維克多的房間裡有單人沙發椅，而安娜的房間裡沒有。

頁237：7

範例：

— 伊萬，你有汽車嗎？

— 沒有，我沒有汽車。

12

— 那你父親呢？

— 他有。

— 他的汽車是什麼樣的？

— 非常好且現代化的伏爾加牌汽車。

頁237：8a

— 安東，你有姊妹嗎？

— 沒有，我沒有姊妹。

— 那兄弟呢？你有兄弟嗎？

— 有，我有一個弟弟。他叫維克多。

— 約翰，這是你的弟弟嗎？

— 不，這是我的朋友。我沒有弟弟。我有兩個妹妹。

— 克拉拉，妳們家是個大家庭嗎？

— 是的，是大家庭。我有三個哥哥和一個姊姊。

— 他們也住在莫斯科嗎？

— 不，他們現在住在法國。

— 劉空，您在莫斯科有朋友嗎？

— 有，我有四個朋友。我們一起住在宿舍裡。

— 那您有女朋友嗎？

— 當然有。

— 漂亮嗎？

— 非常漂亮。

頁240：12a

　　王玲、約翰、瑪莉亞和路易斯現在住在莫斯科。他們一起在大學就讀。王玲來自中國。約翰和瑪莉亞來自美國。路易斯來自西班牙。

— 克拉拉，妳從哪裡來？

— 我來自法國。

— 是巴黎嗎？妳是來自巴黎嗎？

— 是的，是來自巴黎。

— 約翰，你來自英國嗎？

— 不，我來自美國。

— 王玲，妳的朋友們也來自中國嗎？

— 是的，我的朋友們也來自中國。但我來自北京，而劉空來自上海。

頁244：17

範例：

　　安德列剛才在家。他從家去了商店。他想買些食品。他來到了商店，買好了食品就回家了。

頁245：18a

— 您好！請問，維克多在家嗎？

— 不在，他不在。

— 對不起，那您知道他現在在哪裡嗎？

— 不知道。早晨他就去學校了。

— 謝謝。

頁245：19a

　　星期六早晨約翰寫完了信就去了郵局。他來到郵局，買了信封和郵票，在信封上寫好了地址就把信寄回家（美國）了。然後他去了銀行。他來到銀行，在那裡換了錢就去了商店。他來到商店，買了蛋糕和水果就去宿舍看朋友。晚上約翰和他的朋友去了迪斯可舞會。在舞會上他們跳舞跳得很盡興，玩得很好。

頁250：23a

親愛的瑪爾塔：

　　妳好！

　　這是我從莫斯科給妳寫的第一封信。

　　我很高興生活在莫斯科並在這裡的大學就讀。我很喜歡俄語，因為這是很難，但很美的語言。我已經能聽懂莫斯科人在地鐵、商店和街上所說的話。我對莫斯科也有所了解。我去過了阿爾巴特街。我還想去克里姆林宮參觀。

　　我住在宿舍裡。這是非常好的宿舍，因為不遠處就有商店、地鐵、市場、郵局和公園。我的房間不大，但很舒適。我很高興有個好鄰居。他也是大學生，來自中國。我的鄰居同學非常可愛，他叫劉延，我們是好朋友。我們在一起生活和學習。他做飯做得好。妳知道我不喜歡做飯，所以我在大學食堂吃飯。第一，這很方便又不貴。第二，我非常喜歡俄羅斯菜，尤其是紅甜菜湯和餃子。而星期天劉延給我做了中國菜（肉），我們一起吃了飯，然後去看了電影。

　　瑪爾塔，妳要知道，莫斯科的天氣真是寒冷啊！但我有厚衣服。我買了帽子、圍巾、手套，還想買件夾克。俄羅斯人說，「沒有不好的天氣，只有不好的衣服」。我也這麼認為。

　　瑪爾塔，我們十二月放假。但不要在家（美國）等我。我彼得堡的朋友們邀請我去做客。妳知道我早就想去那裡看看彼得堡的廣場、街道和博物館了。

　　再見！寫信給我！我盼著妳的來信！

你的約翰寫於莫斯科

> 沒有不好的天氣，只有不好的衣服。

頁251：23б

我親愛的爸爸和媽媽：

　　你們好！

　　我從莫斯科給你們寫信。我很不喜歡莫斯科的天氣。這裡很冷。天氣很糟糕。秋天下雨，冬天下雪。我不能在街上散步，因為我沒有雨傘、帽子和圍巾。我也不知道在哪裡可以買到這些東西。我俄語說得還不好，也不會在商店裡說我想買什麼。

12

我住在宿舍裡。宿舍很舊。這裡沒有電梯，很不方便。我的房間很小。房間裡沒有電話，所以我就不能打電話回家。房間裡也沒有冰箱，沒有電視。可是我有個鄰居。她喜歡音樂。她的錄音機總是開地很大聲。我做作業，而她聽搖滾樂。

俄語很難。我也不懂人們在街上、地鐵、商店都說些什麼。我想回家。

你們知道我不喜歡做飯。大學裡有食堂，但伙食很不好。那裡總是在排隊。我也不喜歡俄羅斯菜。

在莫斯科我哪裡都還沒去，什麼也沒看。我們班去參觀了克里姆林宮，但我當時生病了。

十二月我們就要放假了。你們在家裡等著我吧。我很累了，想休息休息。

再見！

你們的女兒瑪莉亞

頁253：25a

安東：　伊拉，晚上好！

伊拉：　晚上好，安東！你今天去咖啡館了嗎？

安東：　是的，去了。我們等妳等了很久。但妳沒來，發生什麼事了嗎？

伊拉：　你要知道我病了。

安東：　妳有發燒嗎？妳去看醫生了嗎？

伊拉：　沒有，我沒發燒。但頭疼。

安東：　我們在咖啡館等妳了。昨天伊萬從彼得堡來了。他在那裡照了很多照片，我們看了照片。

伊拉：　照片照得好嗎？

安東：　是的，很有意思：彼得堡的建築、街道、博物館。我也想照相。

伊拉：　你有照相機嗎？

安東：　很遺憾，沒有。但我想買一個。

伊拉：　我有一個，但也不太好了，很舊。

安東：　妳知道哪裡能買到好的照相機嗎？

伊拉：　知道，在天頂商店。那裡有各種各樣的照相機：有貴的和便宜的。

安東：　我們明天一起去那裡吧！

伊拉：　不行，明天我不行。我姑姑昨天從新西伯利亞來了。她想看看莫斯科。

安東：　好的。那妳後天打電話給我。

> — 發生什麼事了？
> — 我頭疼。

頁234：2в

1) Ви́ктор – мой сосе́д. У него́ есть но́вые фи́льмы.

2) Вот моя́ подру́га Ира. У неё есть хоро́шие друзья́.

3) Это мой брат. У него́ есть симпати́чная подру́га.

4) Вот на́ши студе́нты. У них есть кни́ги, уче́бники, словари́.

5) Ты прочита́л текст? У тебя́ есть ру́сско-кита́йский слова́рь?

6) Мы хоти́м пойти́ на стадио́н. У нас есть свобо́дное вре́мя.

7) Ты купи́л биле́ты? У тебя́ есть ли́шний биле́т?

8) Кото́рый час? У вас есть часы́?

9) Вы хоти́те пое́хать в Кита́й? У вас есть ви́за?

頁241：13

Ива́н ходи́л в теа́тр. Он пришёл из теа́тра. Сейча́с он до́ма.

Анна ходи́ла в библиоте́ку. Она́ пришла́ из библиоте́ки. Сейча́с она́ до́ма.

Ира ходи́ла на по́чту. Она́ пришла́ с по́чты. Сейча́с она́ в общежи́тии.

Друзья́ ходи́ли в магази́н. Они́ пришли́ из магази́на. Сейча́с они́ до́ма.

Студе́нты ходи́ли в университе́т. Они́ пришли́ из университе́та. Сейча́с они́ до́ма.

頁241：14

Анто́н был в университе́те. Сейча́с он в библиоте́ке.

Анна была́ в магази́не. Сейча́с она́ до́ма.

Друзья́ бы́ли в шко́ле. Сейча́с они́ в музе́е.

Жан был в Пари́же. Сейча́с он в Москве́.

Кла́ра была́ в Москве́. Сейча́с она́ в Петербу́рге.

Друзья́ бы́ли в Твери́. Сейча́с они́ во Влади́мире.

頁247：21а

Жи́ли-бы́ли де́душка и ба́бушка. И была́ у них вну́чка. Её зва́ли Ма́ша. Одна́жды ба́бушка и де́душка пое́хали в го́род, а Ма́ша пошла́ в лес гуля́ть. Де́вочка до́лго гуля́ла и уви́дела в лесу́ дом, в до́ме – большо́й стол, три сту́ла, три крова́ти. А на столе́ – три таре́лки, три ло́жки и вку́сная ка́ша. Ма́ша о́чень хоте́ла есть. Она́ взяла́ ло́жку и съе́ла ка́шу. В э́то вре́мя из ле́са пришли́ домо́й медве́ди. Снача́ла пришёл большо́й медве́дь – па́па. Пото́м пришла́ больша́я медве́дица – ма́ма, а пото́м их сын – ма́ленький медвежо́нок.

— Кто съел ка́шу?—сказа́л большо́й медве́дь.

— Кто съел ка́шу?—сказа́ла больша́я медве́дица.

— Кто съел ка́шу?—сказа́л ма́ленький медвежо́нок.

Медве́ди посмотре́ли вокру́г и уви́дели де́вочку – Ма́шу. Ма́ша испуга́лась и …

頁247：216

Ма́ша побежа́ла домо́й.

Она́ бежа́ла о́чень бы́стро.

Ско́ро она́ прибежа́ла домой и встре́тила де́душку и ба́бушку.

頁254：2

1. Моя́ подру́га ка́ждый день <u>покупа́ет</u> хлеб и молоко́. Вчера́ она́ то́же <u>купи́ла</u> хлеб, но не <u>купи́ла</u> молоко́.

2. Ива́н журнали́ст. Он ча́сто <u>пи́шет</u> статьи́. Сего́дня у́тром он то́же <u>написа́л</u> статью́. Он всегда́ <u>пи́шет</u> о́чень интере́сные статьи́.

3. Ма́ма всегда́ <u>говори́т</u>: «Нельзя́ кури́ть». Сего́дня она́ то́же <u>сказа́ла</u>: «Нельзя́ кури́ть».

頁254：3

У бра́та есть **хоро́шая маши́на.**

У кого́ есть хоро́шая маши́на?

Что есть у бра́та?

Кака́я маши́на у бра́та?

У Ви́ктора нет де́нег.

У кого́ нет де́нег?

Чего́ нет у Ви́ктора?

В университе́те есть **стадио́н, теа́тр, поликли́ника.**

Где есть стадио́н, теа́тр, поликли́ника?

Что есть в университе́те?

В понеде́льник Мари́я прие́хала из Фра́нции.

Когда́ Мари́я прие́хала из Фра́нции?

Кто в понеде́льник прие́хал из Фра́нции?

Отку́да Мари́я прие́хала в понеде́льник?

В 5 часо́в Джон пошёл **в магази́н.**

Когда́ Джон пошёл в магази́н?

Кто пошёл в магази́н в пять часо́в?

Куда́ пошёл Джон в пять часо́в?

Сейчас **3 часа́ 20 мину́т.**

Кото́рый час сейча́с?

В ию́не студе́нты сда́ли экза́мены.

Когда́ студе́нты сда́ли экза́мены?

Кто сдал экза́мены в ию́не?

Что де́лали студе́нты в ию́не?

頁255：5

У Ви́ктора одна́ маши́на.

У Ван Лин две ко́шки.

В зоопа́рке четы́ре слона́.

У ба́бушки три соба́ки.

У Ива́на два велосипе́да.

В до́ме четы́ре окна́.

В ко́мнате два телеви́зора.

В су́мке три ключа́ и оди́н зонт.

УРОК 13 第十三課

一 單詞 ▶ MP3-263

мо́жет быть	可能	мяч	陽 球
по́здно	副（很）晚、（很）遲	весь	代 全部、整個
		войти́	完 走進
аэропо́рт	陽 機場	встава́ть	未 起來、起床
чу́вствовать (себя́)	未 感覺、覺得（自己）	встать	完 起來、起床
доро́га	陰 路、道路、路途	буди́льник	陽 鬧鐘
студе́нческий	形 大學生的	внима́тельно	副 注意地、專心地
реда́кция	陰 編輯部	заря́дка	陰 體操
олимпи́йский	形 奧林匹克運動會的	дежу́рный	形 值班的；名 值班者
Олимпи́йские и́гры	奧林匹克運動會	помога́ть	未 幫助
спра́шивать	未 問	помо́чь	完 幫助
спроси́ть	完 問	дари́ть	未 送、贈送
серьёзный	形 認真的、嚴肅的	подари́ть	完 送、贈送
у́мный	形 聰明的	расска́зывать	未 講述、敘述
телевизио́нный	形 電視的	рассказа́ть	完 講述、敘述
телезри́тель	陽 電視觀眾	дава́ть	未 給
игро́к	陽 參加遊戲（比賽）的人、選手	дать	完 給
		обяза́тельно	副 一定
наприме́р	插 比如	сам (сама́, са́ми)	代 自己、本人、親自
нача́ть	完 開始	занима́ться спо́ртом	從事體育運動
отвеча́ть	未 回答	фанта́стика	陰 幻想；科幻作品
отве́тить	完 回答	бо́льше всего́	最
вопро́с	陽 問題	пра́здничный	形 節日的；快樂的、高興的
телегра́мма	陰 電報		
прогно́з	陽 預報	на́до	謂語副詞 應當；需要
Дог-шо́у	中 Dog秀（電視節目名稱）	ну́жно	副 需要、要有；（與動詞不定式連用）應該、應當
ста́рший	形 年長的		
тест	陽 測驗、測試	литерату́рный	形 文學的
бы́стро	副 快地、迅速地	президе́нт	陽 總統、總裁
лёгкий	形 輕的；容易的		

выступа́ть	未 發言、演出、出場 參賽	стихотворе́ние	中（一首）詩
выступить	完 發言、演出、出場 參賽	о́коло	前（二格）附近、旁 邊
ди́ктор	陽 廣播員、播音員	е́сли	連 如果
кни́жный	形 書的、書籍的	живо́тное	中 動物
авто́граф	陽 題詞、簽名	пти́чий	形 鳥的、禽類的
		плов	陽 手抓飯

⊙ 人名

Евге́ний Евтуше́нко 葉甫蓋尼・葉夫圖申科（詩人）

⊙ 地名

Гре́ция 希臘

二 語法

1. 動詞將來時

1) 構成：

　　未完成體的將來時形式由**быть**的變位形式和未完成體動詞的不定式組成，為複合將來時。例如：

Когда́?	Кто?	Что бу́дет де́лать?
За́втра	я	бу́ду чита́ть.
	ты	бу́дешь чита́ть.
	он, она́	бу́дет чита́ть.
	мы	бу́дем чита́ть.
	вы	бу́дете чита́ть.
	они́	бу́дут чита́ть.

　　完成體的變位形式就是它的將來時形式，為簡單將來時。例如：

　　я прочита́ю、ты прочита́ешь、он прочита́ет。

2) 意義：將來時表示在說話時刻之後將發生的行為或狀態。例如：

　　— Что ты бу́дешь де́лать ве́чером? 你晚上要做什麼？

　　— Бу́ду смотре́ть фильм. 我要看電影。

　　Сего́дня ве́чером я напишу́ письмо́. 今天晚上我要把信寫完。

13

2. 名詞單數第三格（2）

	Кому́? (3)	詞尾
Я купи́л кни́гу	бра́т<u>у</u> (брат).	硬子音加-у
	преподава́тел<u>ю</u> (преподава́тель).	-ь變-ю
	Андре́<u>ю</u> (Андре́й).	-й變-ю
	ма́м<u>е</u> (ма́ма).	-а變-е
	Та́н<u>е</u> (Та́ня).	-я變-е
	Мари́<u>и</u> (Мари́я).	-ия變-ии

（注）：

1) 中性名詞的第三格詞尾為：-о變-у。如：окно́ – окну́、письмо́ – письму́；-е變-ю，如：мо́ре – мо́рю、общежи́тие – общежи́тию。陰性名詞мать的單數第三格形式為ма́тери；дочь的第三格形式為до́чери。

2) 某些及物動詞，如：купи́ть、дать、подари́ть、позвони́ть等後接第三格名詞，表示行為的間接客體，具有「給（對、向）」的意思，回答「кому́?」、「чему́?」的問題。如：Я куплю́ кни́гу бра́ту.（我要買書給哥哥。）

3) 某些動詞，如：помога́ть、нра́виться等要求名詞第三格形式。如：Друзья́ ча́сто помога́ют Анто́ну.（朋友們經常幫助安東。）

4) 在表示年齡的句子裡，用作主體的名詞（或人稱代詞）用第三格。如：Анне 17 лет.（安娜17歲。）表示年齡的句子用於過去時時，使用動詞быть的過去時單數中性形式бы́ло，用於將來時時，使用быть的單數第三人稱形式бу́дет。如：Анне бы́ло 17 лет.（當時安娜17歲。）；Анне бу́дет 17 лет.（安娜快17歲了。）

5) 表示「應該」、「需要」等的謂語副詞на́до、ну́жно常和動詞不定式連用，其主體用第三格表示。如：Мне на́до помо́чь дру́гу.（我應該幫助朋友。）

3. 人稱代詞第三格

кто (1)	кому́ (3)
я	мне
ты	тебе́
он, оно́	ему́ (к нему́)
она́	ей (к ней)
мы	нам
вы	вам
они́	им (к ним)

第三人稱的人稱代詞與前置詞連用時，前面要加-н-。

三 句型

1. В воскресе́нье в клу́бе бу́дет но́вый фильм. 星期天俱樂部將放映新電影。

　　動詞быть表示「有」意義時的將來時形式為бу́дет、бу́дут，它在句中作謂語，要與後面的主語保持一致。如：За́втра у́тром бу́дут заня́тия.（明天上午有課）；В суббо́ту в музе́е бу́дет вы́ставка.（星期六博物館將舉辦展覽。）

2. Ему́ нра́вится э́та арти́стка. 他喜歡這名女演員。

　　Ему́ нра́вится занима́ться спо́ртом. 他喜歡從事體育鍛煉。

　　帶動詞「нра́виться」的句子結構的特點是：用名詞（或代詞）第三格形式表示邏輯主體，而被喜歡的人或物用第一格形式作主語，謂語нра́виться與主語保持一致。如：Ей нра́вятся э́ти лю́ди.（她喜歡這些人。）；Ей нра́вится э́та кни́га.（她喜歡這本書。）在表示喜歡做某事時，使用動詞нра́виться的第三人稱單數形式нра́вится（нра́вилось）加上動詞不定式。如：Мне нра́вится слу́шать му́зыку.（我喜歡聽音樂。）

　　注意將這類句型和帶動詞「люби́ть」的句型區分開來。試比較：

Мне нра́вится э́та де́вушка (1)　‖ э́тот рома́н (1). 被喜歡的人和物用第一格。

Я люблю́ э́ту де́вушку (4)　‖ э́тот рома́н (4). 被喜歡的人和物用第四格。

四 參考譯文

頁258：1

— 請問，您有紅鋼筆嗎？
— 是的，有。
— 請借用一下。

— 對不起，您現在有時間嗎？
— 抱歉，我現在沒有時間。

— 伊拉，妳知道約翰是來自英國嗎？
— 不，他來自美國。

— 王玲，妳昨天去哪裡了？
— 我去了機場。我的朋友來了，我去接他了。
— 那他從哪裡來？
— 從中國，北京。

— 請問，伊萬在家嗎？
— 不在，他去劇院了。

— 安東，你有錢嗎？我想買本新辭典。
— 我現在沒有錢。維克多或許有。

— 馬凌，你昨天晚上去哪裡了？
— 我去了趟大使館，想取簽證。
— 那你什麼時候從大使館回來的？
— 我回來得很晚。

— 請問，瑪莉亞在哪裡？
— 她去診所看醫生了。
— 怎麼了？她病了嗎？
— 是的，她感覺不舒服。

13

頁259：Ⅲ

a)

— 你們有新教科書《走遍俄羅斯》嗎？
— 有。
— 請給我看看。

— 您好！
— 您好！您有什麼事情？
— 我想辦學生證。
— 好的。請告訴我您叫什麼名字，並交兩張照片。

— 為什麼安東今天沒來？他在哪裡？
— 他去診所了。

б)

— 約翰，你夏天去哪裡了？
— 我去了巴黎。妳去過那裡嗎？
— 沒有，還沒去過，但非常想去一趟。

— 瑪莉亞，妳去學校了嗎？
— 是的，我去了圖書館，想借書。

頁262：1a

　　我的弟弟維克多是個既認真又聰明的人。他學得很好，讀很多書，所以很博學。明天晚上電視上將有個遊戲節目《什麼？何地？何時？》。這是非常有趣的電視遊戲節目。電視觀眾提問，選手回答各式各樣的問題。例如，來自特維爾的大學生問：「人們在何時何地開始下象棋的？」。選手們想一想，然後回答。

　　而明天我弟弟將參加那個遊戲節目。他也將回答各式各樣的問題。我、媽媽、爸爸和奶奶將在電視上看這個節目，然後在家裡等維克多回來。奶奶將做我們喜愛的蛋糕。晚上我們要在一起喝茶。

頁264：3

— 維克多，你明天有什麼計畫？
— 早晨我要學習，而晚上想去運動場。我要踢足球。

— 你們夏天要做什麼？
— 我們先要考試，然後去海邊休息。

頁265：4

範例：
— 伊萬，你今天晚上要做什麼？
— 我讀完課文，背會新單詞，然後就休息。

　　我了解到了伊萬今天晚上（將）做什麼。他先要讀課文，當然要讀完。然後他要背新單詞，並且把它們背會。等伊萬做完作業，他就休息。

— 瑪莉亞，妳晚上做什麼？

— 我先做晚餐，然後看文章，背新單詞，還要寫信。

— 維克多，你已經解完習題了嗎？

— 還沒有，但我很快就要解完了。題目很簡單。

— 伊拉，妳星期六要讀書嗎？

— 不，我不讀書，我想去迪斯可舞會。我要聽音樂，跳舞。

— 約翰，你知道今天晚上將放映有趣的電影嗎？你要看嗎？

— 當然了，我將很快把作業做完，讀完故事，複習好新單詞，然後我就看電影。

頁266：5a

— 劉空，你已經買好月票了嗎？

— 沒有，還沒買到。我現在沒錢。但明天我一定買。

頁266：56

— 約翰，你已經打電話回家了嗎？

— 沒有，沒打。我想我父母現在正在上班。我晚上7點打電話回家。

頁266：7a

　　今天是個好天氣，沒有雨，很暖和。維克多、安東、安娜和瑪莉亞想去公園。他們將在那裡休息、散步、踢球、聽音樂。「我們帶點什麼去公園呢？」朋友們想。

維克多：　誰能帶球？

安東：　　我能。不久前我買了個非常好的球，我帶。

維克多：　好的！安東拿球，我帶錄音機。我有新錄音帶。我們可以一起聽聽。

安娜：　　那我們要在公園吃飯嗎？

瑪莉亞：　當然了。要知道我們得在公園裡待一整天呢。我帶麵包、乳酪和水果。

安東：　　那誰帶水呢？

安娜：　　我買水。還要帶點什麼？

瑪莉亞：　我覺得別的不用了。

維克多：　那我們12點在地鐵見面吧。

瑪莉亞：　好的，地鐵見！

頁268：9

不許遲到！

　　教室裡正在上俄語課。老師在讀新課文。學生們在認真地聽講。

　　「對不起，可以進來嗎？我遲到了。」約翰說。

　　「發生什麼事了嗎，約翰？昨天您遲到了，今天您又遲到了。上課不許遲到。」

　　晚上約翰回到家。他在家裡想了很久：「昨天我遲到了，今天我又遲到了。這很不好。以後

13

我再也不上課遲到了。明天我要早起，8點鐘就起床，快點做完早操，做好早餐，吃完早餐，複習好家庭作業。明天我一定不遲到！」

早上8點鐘約翰就起床了。他做完了早操，做好了早餐，吃完了早餐，複習好了家庭作業就去了學校。

9點30分約翰來到了學院。

「有什麼事，年輕人？您去哪裡？」值班者問。

「我去上課。今天我沒遲到。」約翰回答。

「回家吧，年輕人！今天沒有課。今天是星期天。」

頁270：10a

今天白天伊萬從彼得堡回來了並打了電話給安娜。他説，想在星期六5點在咖啡館見見安娜、約翰、克拉拉、瑪莉亞和安東。他想給他們講講新聞，看看彼得堡的照片。安娜説，她打電話給約翰，告訴他星期六他們在什麼時間什麼地點等伊萬。約翰將打電話給克拉拉。克拉拉將打電話給瑪莉亞。瑪莉亞將打電話給安東。

頁270：10б

範例：

安娜將打電話給約翰，告訴他伊萬從彼得堡回來了想見見她、約翰、克拉拉、瑪莉亞和安東。伊萬將在星期六5點在咖啡館等著他們。他要給他們講講見聞並看彼得堡的照片。

頁272：13a

尤拉： 爸爸，請幫我解習題吧。它太難了。

爸爸： 等一下、等一下。我馬上就讀完雜誌上的文章，然後一定幫你。

尤拉： 媽媽，請幫我解習題吧。妳數學學得好。

媽媽： 等一下、等一下。等我看完連續劇一定幫你解題。

尤拉： 伊拉，請妳幫我解題吧。妳現在什麼也沒做。妳有時間。

伊拉： 我什麼也沒做？我忙著呢，我在打電話給安德列。打完電話給他，就幫你解題。

尤拉： 誰也不想幫我。我自己解題！

頁273：14

範例：

— 安娜，我想寄明信片給朋友。他住在俄羅斯。請幫我用俄語把地址寫在明信片上。

— 當然可以，我幫你。

頁273：15

範例：

— 安東，你的錄音機在哪裡？

— 我現在沒有錄音機。我給克拉拉了。

— 劉碩，妳為什麼沒有練習本？

— 我把它交給老師了。

頁275：18

範例：

— 王玲，妳喜歡在空閒時做什麼？
— 我最喜歡打網球。

— 伊萬，您喜歡在空閒時做什麼？
— 空閒時我最喜歡讀歷史小説。

頁275：19а

— 奶奶，告訴我，妳幾歲了？
— 我還年輕呢，瑪什恩卡。我才82歲。
— 那我幾歲了？
— 妳？妳已經是大孩子了。很快妳就4歲了。

頁276：19б

— 這是誰？
— 這是俄羅斯著名運動員。
— 你知道她叫什麼名字嗎？
— 安娜·庫妮科娃。
— 很想知道她幾歲。
— 準確的年紀不知道。我覺得她20歲。

頁277：22а

尤拉頭疼。他應該去診所看醫生，然後他需要買藥。現在他不應該讀書。他應該休息。

頁277：22б

安娜過生日。她應該打電話給塔妮婭、約翰和維克多，邀請他們來做客。早晨安娜需要去商店買食品，然後她需要準備節日的晚餐。

頁278：24

範例：

— 安東，今天我們一起去聽音樂會吧。我有票。
— 抱歉，今天我不能去。我很忙，我需要去火車站接奶奶。

— 伊拉，晚上我們一起去劇院吧。
— 不行，不能去。我應該把文章讀完並翻譯好。

頁279：26а

書展

　　不久前安東在報紙上看到位於莫斯科阿爾巴特街的書屋將要舉辦一個大型書展。書展上莫斯科人不僅可以翻閱新書，還可以購買。種類包括教科書、辭典、百科全書、偵探小説等。一些作

13

家、詩人和記者們也將出席書展。

　　安東非常喜歡書，也博覽群書，所以星期天他去了阿爾巴特街的書屋。他看了書展，買了本百科全書，當然還有一本新的偵探小說。

　　俄羅斯著名詩人葉甫蓋尼‧葉夫圖申科也出席了書展。他朗誦了舊詩和新作。安東聽得非常高興，他明白了，現在他不僅要讀偵探小說，還要讀詩歌。安東邀請詩人參加學院的晚會。詩人送了本書給安東，還給他簽了名。安東非常高興。他說，一定要把書讀完並把這些詩歌都背下來。安東很快就背會了其中一首詩。這首詩他非常喜歡。請聽：

Весе́нней но́чью ду́май обо мне,

И ле́тней но́чью ду́май обо мне,

Осе́нней но́чью ду́май обо мне,

И зи́мней но́чью ду́май обо мне.

　　在學校安東把詩人的書和簽名給約翰、克拉拉、瑪莉亞和安娜看。安東告訴他們，詩人將出席學院的晚會。他將朗誦詩歌，還要簽名。

　　朋友們告訴安東，他們將非常高興聆聽詩人的新作。

頁281：28a

維克多：　你好，約翰！

約翰：　　你好，維克多！

維克多：　約翰，你明天要做什麼？

約翰：　　我想去看安娜。她邀請我去做客。明天她過生日。

維克多：　那她幾歲了？

約翰：　　她快20歲了。

維克多：　你想送什麼給她？

約翰：　　你覺得可以送什麼給女孩？

維克多：　當然是鮮花了。

約翰：　　我一定會送她花。那還能送什麼呢？她喜歡什麼？

維克多：　我知道她喜歡狗。

約翰：　　對，對！她跟我說過，她想要小狗。因為狗是很好的朋友。

維克多：　那你買狗給她吧。

約翰：　　好的，這真是個好主意！可在哪裡買呢？莫斯科哪裡可以買到狗呢？

維克多：　莫斯科有個動物市場。那裡有狗、貓、鳥、魚和其他寵物。可以觀賞也可以買。

約翰：　　那這個動物市場在什麼地方？

維克多：　我不知道它在什麼地方。

約翰：　　它什麼時候營業？是每天嗎？

維克多：　不是，市場只在星期六和星期天營業。至於它在什麼地方，可以向伊萬打聽。

約翰：　　好的，我去問問。明天是星期六。早上10點我要去那裡買禮物給安娜。如果你也想去，我們一起去吧！

維克多：　好的。我很久沒去那裡了。我明天10點在地鐵附近等你。

> 好主意！
> 如果你也想去，我們一起去吧！

頁260：1

1. Ива́н написа́л статью́ и пошёл на рабо́ту в реда́кцию журна́ла.

2. Лю Кун хоте́л поменя́ть де́ньги и пошёл в банк.

3. Анна взяла́ кни́ги в библиоте́ке и пошла́ домо́й.

4. Мари́я пло́хо себя́ чу́вствовала и пошла́ в поликли́нику к врачу́.

5. Джон хоте́л купи́ть тёплый шарф и пошёл в магази́н «Оде́жда».

頁260：2

1. Ван Лин – китая́нка. Она́ прие́хала из Кита́я, из Пеки́на.

2. Жан и Кла́ра – францу́зы. Они́ прие́хали из Фра́нции, из Пари́жа.

3. Джон – америка́нец. Он прие́хал из Аме́рики, из Нью-Йо́рка.

4. Андре́й и Ната́ша – ру́сские. Они́ прие́хали из Петербу́рга.

5. Том – англича́нин. Он прие́хал из Англии, из Ло́ндона.

頁277：23

1. Вы хоти́те пригласи́ть дру́га и́ли подру́гу в го́сти.

   Мне на́до позвони́ть дру́гу (подру́ге).

2. Вы хоти́те пое́хать на ро́дину.

   Мне на́до купи́ть биле́т.

3. Вы больны́.

   Мне на́до пойти́ в поликли́нику к врачу́.

4. Вы хоти́те хорошо́ знать ру́сский язы́к.

   Мне на́до мно́го занима́ться.

5. Вы хоти́те купи́ть но́вый большо́й слова́рь.

   Мне на́до пойти́ в кни́жный магази́н.

6. Вы хоти́те встре́тить дру́га на вокза́ле.

   Мне на́до пое́хать на вокза́л.

7. Вы хоти́те перевести́ кита́йские стихи́ на ру́сский язы́к.

   Мне на́до купи́ть кита́йско-ру́сский слова́рь.

頁283：2а

Познако́мьтесь, э́то мои́ друзья́. Э́то Джон. Ему́ 20 лет. Он лю́бит спорт. Бо́льше всего́ ему́ нра́вится те́ннис.

А э́то моя́ подру́га. Её зову́т Мари́я. Ей 19 лет. Она́ лю́бит теа́тр. Осо́бенно ей нра́вится совреме́нный бале́т.

13

Я прочита́ю расска́з, у меня́ есть кни́га.

Я позвоню́ дру́гу, у меня́ есть телефо́н.

Я переведу́ статью́, у меня́ есть слова́рь.

Я куплю́ биле́т, у меня́ есть де́ньги.

Я помогу́ подру́ге, у меня́ есть вре́мя.

Я не напишу́ письмо́, потому́ что у меня́ нет вре́мени.

Я не послу́шаю му́зыку, потому́ что у меня́ нет магнитофо́на.

Я не решу́ зада́чу, потому́ что у меня́ нет уче́бника.

Я не возьму́ кни́гу, потому́ что у меня́ нет биле́та.

Я не пригото́влю плов, потому́ что у меня́ нет ри́са.

УРОК 14 第十四課

一 單詞 ▶ MP3-264

культу́ра	陰 文化、文明
бланк	陽 格式紙、表格
ско́ро	副 很快、迅速地
заказа́ть	完 預定、訂做、訂購
но́мер	陽 號；（旅館）房間
проводи́ть	完 伴送、陪行
с	前（五格）和、與；拿著、帶著
знако́миться	未 認識、相識；了解、熟悉
познако́миться	完 認識、相識；了解、熟悉
стари́нный	形 古老的
ты́сяча	數 千、一千
собо́р	陽 教堂
монасты́рь	陽 修道院、寺院
экскурсово́д	陽 導遊
разгова́ривать	未 談話、交談
са́хар	陽 糖
капу́ста	陰 洋白菜、圓白菜
ку́рица	陰 雞
лимо́н	陽 檸檬
шокола́д	陽 巧克力
космона́вт	陽 太空人
перево́дчик	陽 翻譯
перево́дчица	陰 女翻譯
медсестра́	陰 護士
ме́неджер	陽 經理

фи́зик	陽 物理學家、物理學工作者
исто́рик	陽 歷史學家、歷史工作者
рисова́ть	未 素描、畫（圖畫）
нарисова́ть	完 素描、畫（圖畫）
ва́жный	形 重要的、重大的
профе́ссия	陰 職業
музыка́нт	陽 音樂家
скри́пка	陰 小提琴
ката́ться	未（乘車、馬、船等）遊玩、滾動
коньки́	複 冰刀
ката́ться на конька́х	滑冰
пиани́но	不變 中 鋼琴
лы́жи	複 滑雪板
ката́ться на лы́жах	滑雪
о (об)	前（六格）關於、有關
теоре́ма	陰 定理
древнегре́ческий	形 古希臘的
фило́соф	陽 哲學家
матема́тик	陽 數學家、數學工作者
филосо́фия	陰 哲學
век	陽 世紀
э́ра	陰 紀元
физио́лог	陽 生物工作者
боле́ть	未 生病
компози́тор	陽 作曲家
князь	陽（羅斯時期的）公、王

нау́ка	陰 科學		интересова́ться	未 感興趣
а́втор	陽 作者		балери́на	陰 芭蕾舞女演員
тра́нспорт	陽 運輸業、運輸		научи́ться	完 學習、學
сове́товать	未 建議、勸告、出主意		поздравля́ть	未 祝賀、道喜
			договори́ться	完 商談、商定
посове́товать	完 建議、勸告、出主意		уме́ть	未 會

⊙ 人名

Háстя 娜斯佳（女）

Тама́ра 塔瑪拉（女）

Ли́дия 莉季婭（女）

Ян Вей 楊偉

Ване́сса Мей 陳美

Пифаго́р 畢達哥拉斯

Альберт Эйнште́йн 阿爾伯特・愛因斯坦

Эрнест Резерфо́рд 歐尼斯特・拉塞福

Ива́н Петро́вич Па́влов 伊萬・彼得洛維奇・巴夫洛夫

Алекса́ндр Порфи́рьевич Бороди́н 亞歷山大・波爾菲里耶維奇・鮑羅定

Вань Су 萬素

Ломоно́сов 羅蒙諾索夫

Чайко́вский 柴可夫斯基

Менделе́ев 門捷列夫

⊙ 地名

Шереме́тьево 謝列梅傑沃機場

📑 語法

1. 帶連接詞когда́的時間從句中動詞體的用法

時間從句表示主句所述事件發生的時間，回答「когда́?」問題。主句與從句所述之事可以是同時的，也可以是異時的。如果主、從句謂語都用未完成體同一時間的語法形式，表示主、從句行為的完全同時關係。如：Когда́ Джон отдыха́л, он чита́л газе́ту.（約翰休息的時候，他看報。）休息和看報是同時關係；如果從句動詞謂語用完成體過去時形式，主句謂語也用完成體過去時形式，則表示兩個行為先後相繼發生，並都已完成。如：Когда́ Джон прочита́л газе́ту, он позвони́л дру́гу.（約翰讀完報紙以後，他打了電話給朋友。）

2. 名詞單數第五格

格性	第一格	第五格	詞尾
陽性	друг	дру́гом	加-ом
	Андре́й	Андре́ем	-й變-ем
	преподава́тель	преподава́телем	-ь變-ем
中性	молоко́	молоко́м	-о變-ом
	мо́ре	мо́рем	-е變-ем

陰性	подру́га	подру́гой	-а變-ой
	дере́вня	дере́вней	-я變-ей
	тетра́дь	тетра́дью	加-ю

1) 陽性和中性名詞單數第五格詞尾為-ом、-ем (-ём)；陰性名詞以-а (-я)結尾的，單數第五格詞尾是-ой、-ей (-ёй)；以-ь結尾的陰性名詞單數第五格詞尾加-ю。

2) 詞幹以ц結尾的名詞構成第五格時，如果重音在詞尾，第五格詞尾為-ом（陽性）、-ой（陰性），如：отцо́м；如果重音不在詞尾，第五格詞尾為-ем（陽性），-ей（陰性），如：перево́дчицей。

3) мать的單數第五格為ма́терью；дочь的單數第五格為до́черью。

4) 前置詞с與名詞第五格連用，可表示「和……一起」，如гуля́ть с ма́мой（和媽媽一起散步）；表示「帶有、裝有」，作各種不同客體的定語。如：моро́женое с шокола́дом（巧克力聖代）、чай с молоко́м（奶茶）。

5) 與要求第五格的動詞（如：занима́ться、интересова́ться等）連用，表示行為的對象，回答「кем? чем?」的問題。如：Студе́нты занима́ются спо́ртом.（大學生們在進行體育運動。）

6) 與動詞рабо́тать、быть（現在時通常不用）連用，表示關於某人職業、專業等資訊。如：Ива́н рабо́тает журнали́стом.（伊萬是記者。）；Ира бу́дет перево́дчицей.（伊拉將成為翻譯。）

3. 人稱代詞第五格

кто (1)	с кем (5)
я	со мной
ты	с тобо́й
он, оно́	с ним (им)
она́	с ней (ей)
мы	с на́ми
вы	с ва́ми
они́	с ни́ми (и́ми)

第三人稱的人稱代詞與前置詞連用時，前面要加-н-。

4. 名詞單數第六格（2）

— О ком э́та кни́га?

— О Пу́шкине.

前置詞о (об)表示「關於」的意思，對於動物客體使用「о ком?」的問題，對於非動物客體使用「о чём?」的問題。在答句中使用名詞或人稱代詞的第六格形式。這類結構常與表示言語思維行為的動詞連用，如：рассказа́ть о компози́торе、писа́ть о худо́жнике等。前置詞о與以母音а、о、у、э、и開頭的詞連用時，要用об。

（注）：мать的第六格形式為(о) ма́тери，дочь的第六格形式為(о) до́чери。

5. 人稱代詞第六格

кто (1)	о ком (6)
я	обо мне
ты	о тебе́
он, оно́	о нём
она́	о ней
мы	о нас
вы	о вас
они́	о них

（注）：第三人稱代詞與前置詞連用時，代詞前要加-н-。代詞я的第六格與前置詞о連用時，要寫
成обо мне。

目 參考譯文

頁285：1

— 克拉拉，妳已經做好晚餐了嗎？

— 沒有，我還沒做呢。我做習題了。
過一會兒我就做好飯。

— 請問，這是什麼地鐵站？

— 這是文化公園地鐵站。

— 謝謝。

— 誰幫您翻譯課文？

— 誰也沒幫。我自己翻譯。

— 誰需要買月票？

— 約翰。他還沒有票。

— 請問，這是您哥哥嗎？

— 不，這是我父親。

— 您父親！？他幾歲了？

— 42歲。

— 他可真年輕！

— 維克多，你借書給誰？是給安娜嗎？

— 不，不是給她。

— 是給安東嗎？

— 不，不是給他。

— 那是給誰？

— 給瑪莉亞。

— 請問，莫斯科大學舊樓（舊校區）在什麼地
方？

— 在莫斯科市中心。

— 謝謝。

頁286：III

— 您需要做什麼？
— 我想發電報。
— 發去哪裡？
— 發去中國。
— 這是表格。請在這裡寫上地址和電文。

— 您好！可以進來嗎？
— 可以，請進。您好！怎麼了？
— 我發燒和頭疼。

— 你好！
— 你好！你在這裡做什麼？
— 我要買禮物給姊姊。

— 請問，這是什麼街？
— 這是普希金街。
— 謝謝！

頁287：2

範例：

— 讓，你喜歡看馬戲團表演嗎？
— 是的，非常喜歡。但我還沒去看過。
— 我有多餘的票。如果願意，我們一起去看吧！
— 謝謝。太好了。

頁291：4

　　這是我的俄羅斯朋友們：安東、安娜、維克多和伊拉。我是在莫斯科和他們認識的。現在我們一起在大學就讀。我們經常在公園散步，打網球，休息，去迪斯可舞會跳舞。

頁292：5a

　　昨天我和朋友去了蘇茲達里遊覽。我們是坐公車去的。蘇茲達里是一座古老的俄羅斯城市。它位於俄羅斯中心。它已經1000歲了。蘇茲達里有一個既大又古老的克里姆林宮，還有一些古老的教堂、修道院。

　　在蘇茲達里我們逛了很久，並和導遊聊了很長時間。導遊是位年輕的俄羅斯女孩，她叫娜斯佳。她非常喜歡蘇茲達里，也很瞭解它的歷史。她跟我們講這是座什麼樣的城市，它有著怎樣有趣的歷史。她告訴我們在這裡可以參觀什麼，哪些地方可以去。

　　我們在城裡逛的時候拍了很多照片：蘇茲達里的克里姆林宮、古老的建築、教堂、街巷、歷史古蹟。然後我們和朋友去了售貨攤。在那裡我們買了些並不貴的紀念品。

頁293：7a

範例：

— 劉空，你今天去體育館了嗎？
— 去了。
— 你和誰去的？
— 和安娜。我和她一起打網球了。

14

頁293：7б

— 維克多，你和誰去迪斯可舞會了？是和安娜嗎？

— 不，不是和安娜。

— 和塔瑪拉嗎？

— 是的，是和她。

頁293：8

範例：

我喜歡和維克多一起解題，因為他數學學得很好，解題解得很快。

頁296：11а

範例：

— 伊萬是記者嗎？

— 是的，他是做記者工作。

頁296：11б

範例：

我的弟弟喜歡物理。

我的弟弟將成為一名物理工作者。

頁296：12

範例：

我想成為一名工程師，因為我的父親是工程師。

我要當律師，因為這是個有趣且重要的職業。

頁296：13а

範例：

— 克拉拉，妳將來想做什麼工作？

— 我想和我媽媽一樣當護士。我很喜歡這個職業。

頁296：13б

範例：

克拉拉想和她的媽媽一樣成為一名護士。

克拉拉喜歡這個職業。

頁297：14б

— 安東，楊偉是做什麼工作的？

— 翻譯。

— 那他在空閒時都做些什麼呢？

— 空閒時楊偉學習新的語言。他已經很好地掌握了英語和法語。現在他在學俄語。

你們肯定知道畢達哥拉斯定理吧？那畢達哥拉斯是什麼樣的人呢？畢達哥拉斯是古希臘的哲學家和數學家。他生活在西元前5世紀。畢達哥拉斯不僅僅研究哲學和數學，他還從事體育運動。有一次，朋友們問他為什麼喜歡體育運動？畢達哥拉斯回答，體育運動能幫助他工作、思考、研究哲學和數學。

偉大的物理學家阿爾伯特·愛因斯坦在空閒時喜歡音樂。他小提琴拉得不錯。

另一位著名的物理學家歐尼斯特·拉塞福喜歡體育運動。空閒時他總是很樂意和朋友一起打網球。

俄羅斯學者、生物學家伊萬·彼得洛維奇·巴夫洛夫夏天喜歡散步，冬天喜歡滑雪。有一次他說：「我已經75歲了，但我自己感覺非常好，不生病，因為每天我都進行體育鍛煉。」

眾所周知，著名的俄羅斯作曲家亞歷山大·波爾菲里耶維奇·鮑羅定是歌劇《伊戈爾大公》的作者。但並不是所有人都知道，鮑羅定不僅是個作曲家，還是化學家。他多年中既從事化學研究，又從事音樂創作。

王玲的敘述

我非常喜歡戲劇。我來到莫斯科以後，了解到莫斯科有很多非常好的劇院。我告訴老師我喜歡劇院，但我還不是很懂俄語。

於是老師建議我看芭蕾，因為芭蕾舞的語言大家都能明白，不管你是俄羅斯人、中國人，還是美國人。

不久前我和朋友去了劇院並觀看了芭蕾舞《從哪裡來，到哪裡去？》。這是一部新式的富有哲理的芭蕾舞。中國著名芭蕾舞演員萬素來到莫斯科並幫助排練這場芭蕾舞。舞劇由當代中國作曲家譜曲。音樂非常優美，芭蕾舞非常好看。我和朋友非常高興地觀看了這齣芭蕾舞。我建議你們也去看看。

> 百聞不如一見！

克拉拉： 晚上好，安娜！祝妳生日快樂！

安娜： 非常感謝！妳沒來，真遺憾。

克拉拉： 是啊，對不起，我沒能來。妳現在有時間嗎？

安娜： 有。

克拉拉： 如果可以，妳跟我講講，晚會怎麼樣，有誰來了？

安娜： 伊萬和伊拉，瑪莉亞和約翰，王玲、劉空和安東都到我這裡來了。

克拉拉： 啊，都是老朋友。

安娜： 妳知道嗎？我現在還有個新朋友——一隻小狗。

克拉拉： 是嗎？牠長什麼樣？

安娜： 牠非常可愛、活潑。牠才3個月大。

克拉拉： 只有3個月大？那牠吃什麼？

安娜： 吃麵包加牛奶，當然，還吃肉。

克拉拉： 是誰送妳小狗？

14

安娜：	約翰。我和他說過我喜歡狗。他知道後就送了我一條狗。
克拉拉：	那你們都做什麼了？跳舞了嗎？
安娜：	當然。跳舞了，唱歌了，伊萬還彈了吉他。我也彈了一下。
克拉拉：	妳會彈吉他嗎？
安娜：	彈得不好，但我想學。
克拉拉：	那我們一起學吧！
安娜：	說定了！

四 練習題參考答案

頁286：2

— Кому́ купи́л пода́рок Анто́н?
— Анто́н купи́л пода́рок ба́бушке.

— Куда́ (К кому́) пошёл Юра?
— Юра пошёл к врачу́.

— Где нахо́дится апте́ка?
— Апте́ка нахо́дится о́коло метро́.

— Ско́лько лет твоему́ бра́ту?
— Бра́ту 25 лет.

— Что ты бу́дешь де́лать сего́дня?
— Сего́дня мне на́до пое́хать на вокза́л и купи́ть биле́т.

— Вам помо́чь?
— Спаси́бо, я сде́лаю сама́.

— Что ты лю́бишь де́лать ле́том?
— Бо́льше всего́ мне нра́вится отдыха́ть на мо́ре.

— Что ты бу́дешь де́лать сего́дня ве́чером?
— Я переведу́ текст, вы́учу но́вые слова́, а пото́м бу́ду отдыха́ть.

頁289：2а

Когда́ я занима́юсь, я пишу́ упражне́ния.
я де́лаю дома́шнее зада́ние.
я реша́ю зада́чи.
я учу́ но́вые слова́.
я смотрю́ но́вые слова́ в словаре́.
я перевожу́ текст.

Когда́ я отдыха́ю, я смотрю́ телеви́зор.
я слу́шаю му́зыку.
я игра́ю в ша́хматы.
я игра́ю на компью́тере.
я гуля́ю в па́рке.
я ничего́ не де́лаю.

Когда́ я пришёл домо́й, я отдохну́л полчаса́.

я прочита́л статью́.

я перевёл текст на ру́сский язы́к.

я написа́л письмо́ домо́й.

я позвони́л в Петербу́рг.

я пригото́вил у́жин.

я поу́жинал вме́сте с дру́гом.

я пригласи́л дру́га.

я послу́шал магнитофо́н.

я посмотре́л фильм.

1. Это **мой друг Анто́н**. Я был на экску́рсии в Петербу́рге вме́сте **с Анто́ном**.

   Кто э́то?

   С кем вы бы́ли на экску́рсии в Петербу́рге?

2. Это **Том** и **его́ брат**. Том живёт **в общежи́тии** вме́сте **с бра́том**.

   Кто э́то?

   Где живёт Том?

   С кем вме́сте живёт Том?

3. Это **Анна и Мари́я**. Мы лю́бим **гуля́ть** вме́сте с **Анной и Мари́ей**.

   Кто э́то?

   Что вы лю́бите де́лать вме́сте с Анной и Мари́ей?

   С кем вы лю́бите гуля́ть?

4. Это **наш преподава́тель**. Неда́вно на́ша гру́ппа ходи́ла в теа́тр вме́сте **с преподава́телем**.

   Кто э́то?

   С кем ва́ша гру́ппа ходи́ла в теа́тр?

5. Это **моя́ мла́дшая сестра́**. Она́ лю́бит игра́ть с **ма́мой и с па́пой**.

   Кто э́то?

   С кем она́ лю́бит игра́ть?

Моя́ сестра́ лю́бит теа́тр. Она́ бу́дет арти́сткой.

Мой друг хорошо́ рису́ет. Он бу́дет худо́жником.

Моя́ подру́га отли́чно зна́ет англи́йский язы́к. Она́ бу́дет перево́дчицей.

Анто́ну нра́вится исто́рия. Он бу́дет исто́риком.

Ива́н пи́шет интере́сные расска́зы. Он бу́дет журнали́стом.

Джо́ну нра́вится компью́тер. Он бу́дет программи́стом.

14

1. Анна Ива́новна рабо́тает врачо́м.
   Ве́чером она́ пришла́ из поликли́ники.

2. Ива́н Петро́вич рабо́тает инжене́ром.
   Ве́чером он пришёл с заво́да.

3. Анто́н и Анна у́чатся в университе́те.
   Ве́чером они́ пришли́ из университе́та.

4. Юра у́чится в шко́ле.
   Ве́чером он пришёл из шко́лы.

5. Ви́ктор занима́ется спо́ртом.
   Ве́чером он пришёл из спортза́ла.

一 單詞 ▶ MP3-265

фонтáн	陽 噴泉	грóмкий	形 大聲的
мéбель	陰 傢俱	дневни́к	陽 日記
мáсло	中 黃油、奶油	монéта	陰 硬幣、錢幣
костю́м	陽 服裝、衣服；套裝	икóна	陰 聖像
дрýжба	陰 友誼	архитéктор	陽 建築師
дрýжный	形 友好的、和睦的	архитектýра	陰 建築
пóмощь	陰 幫助	модельéр	陽 時裝設計師
помóщник	陽 助手	организовáть	未 完 組織、建立
писáтель	陽 作家、作者	путешéствовать	未 旅行、旅遊
дружи́ть	未 相好、交好、要好	корреспондéнт	陽 新聞記者、通訊記者
сóлнечный	形 太陽的、有陽光的	секрéт	陽 祕密
некраси́вый	形 不好看的	изучáть	未 研究
дождли́вый	形 多雨的	рок-грýппа	陰 搖滾樂團
бутербрóд	陽 （夾火腿等的）麵包片、麵包夾肉	дáже	語 連 ……也、甚至……也
колбасá	陰 香腸、灌腸	молодёжь	陰 集 青年（們）
молóчный	形 生產乳品的；乳白色的	диск	陽 唱盤，磁片
		нýжный	形 需要的、必需的
фруктóвый	形 水果的	по-мóему	副 插 依我看
		послéдний	形 最後的、最新的

⊙ 人名

Пётр I 彼得一世

⊙ 地名

Я́лта 雅爾達

Нéвский проспéкт 涅瓦大街

Исаáкиевский собóр 聖以撒主教座堂

Итáлия 義大利

Владивостóк 海參崴（符拉迪沃斯托克）

參考譯文

頁315：106

範例：

— 安東，你好！你現在在哪裡？
— 我在公園裡。
— 你在那裡做什麼？
— 畫畫。

— 維克多，你知道安東在哪裡嗎？
— 他在公園裡。
— 他在那裡做什麼？
— 畫畫。

頁318：14a

範例：

— 瑪莉亞，妳想什麼時候去體育館？
— 星期六早上，10點鐘。
— 我也想去那裡。
— 那我們一起去吧！

頁319：146

範例：

— 劉空，你好！
— 妳好，安娜！
— 你這是去哪裡？
— 回家。妳呢？
— 我去郵局，想打電話回家。

頁319：14в

範例：

— 克拉拉，妳夏天去了什麼地方？
— 我去美國看姊姊了。她在那裡已經生活5年了。我很久沒見她了。

頁319：15a

　　假期時湯姆去了趟彼得堡。當他從彼得堡回來以後，朋友們都問他休息得怎樣。湯姆回答說，休息得非常好，只是很累。

　　請讀讀湯姆的日記，說說湯姆為什麼累了。他到過哪裡？去了什麼地方？

彼得堡一日記

早晨8點我從旅館出發去艾爾米塔什博物館。

9點半到達艾爾米塔什博物館。看了油畫、硬幣、服裝和其他歷史和文化古蹟。

參觀完艾爾米塔什博物館之後去普希金博物館。12點到達博物館，參觀了普希金故居、他的書房，還看了他的藏書、肖像畫和其他物品。

從博物館出來直奔涅瓦大街。14點半來到涅瓦大街。當時非常想吃東西。就去了餐廳。很快

就吃完了午餐。

從餐廳出來去了聖以撒主教座堂。參觀了教堂和俄羅斯的聖像。

從教堂出來去了俄羅斯博物館。16點到達博物館，欣賞了油畫。

從博物館出來返回旅館。20點回到旅館，吃完晚餐並寫好了明天的計畫。

頁323：2a

— 伊里亞，您這麼年輕就已經是著名音樂家了。如果不是祕密的話，能否問問您的年齡？

— 我不是很年輕了。我已經30歲了。

— 您從事音樂創作很久了嗎？

— 非常久了。當我還在中學就讀的時候，我就能彈一手好吉他。我還和朋友一起在中學組過搖滾樂團。

— 那是在莫斯科嗎？

— 不，是在海參崴。

— 您在海參崴做了什麼？我知道您可是莫斯科人啊！

— 我是和媽媽、爸爸一起去海參崴。我父親在那裡當建築師，媽媽是時裝設計師。我在學校讀書，空閒時就研究音樂。那時候我就想成為一名音樂家。

— 你們在海參崴住了多長時間？

— 很久。我在那裡上大學，學的是中文。海參崴緊鄰中國，所以我對中國的歷史和文化很感興趣。

— 您去過中國嗎？

— 去過，我去過中國。那是個非常有趣的國家。我在那裡遊歷了很多地方，有時坐火車，有時騎自行車，有時甚至步行。我非常喜歡中國。

— 那您還去過哪裡？

— 我在倫敦住過3年。在那裡的公司工作並做一些生意。

— 那您現在在做些什麼？

— 目前我在寫新歌。

— 您的哪首歌年輕人特別喜歡？

— 〈海參崴——2000〉。

— 伊里亞，請問哪裡可以買到您的新唱片？

— 在莫斯科的「音樂世界」商店。

目 練習題參考答案

頁305：2

инжене́р, экза́мен, дискоте́ка

頁305：3

дру́жба (что?) – друг (кто?) – дру́жный (како́й?) – дружи́ть (что де́лать?) – подру́га (кто?)

любо́вь (что?) – люби́мый (како́й?) – люби́ть (что де́лать?)

помога́ть (что де́лать?) – помо́щник (кто?) – по́мощь (что?)

игра́ (что?) – игра́ть (что де́лать?)

письмо́ (что?) – писа́тель (кто?) – писа́ть (что де́лать?)

頁306：5

1. А. С. Пу́шкин – ру́сский поэ́т.

   Лю Кун купи́л стихи́ А. С. Пу́шкина, потому́ что он уже́ хорошо́ говори́т и чита́ет по-ру́сски.

2. На экску́рсии преподава́тель интере́сно расска́зывал о Москве́. Это была́ о́чень интере́сная экску́рсия.

3. Ива́н – хоро́ший журнали́ст. Он пишет интере́сные статьи́ и хорошо́ фотографи́рует. Неда́вно друзья́ подари́ли ему́ хоро́ший фотоаппара́т.

4. В фи́льме «Тита́ник» о́чень краси́вая му́зыка.

   Эти молоды́е лю́ди краси́во танцу́ют.

5. Магнитофо́н игра́ет о́чень гро́мко.

   Мне не нра́вится гро́мкая му́зыка.

頁309：4а

Ле́том у меня́ бы́ли кани́кулы. Я е́здил в Ялту на мо́ре. Там я жил в гости́нице и познако́мился с Оле́гом и Ната́шей. Оле́г прие́хал из Ки́ева, а Ната́ша – из Во́логды.

Мы вме́сте ходи́ли на мо́ре, игра́ли в те́ннис. Я люби́л игра́ть с Ната́шей, потому́ что она́ хорошо́ игра́ла. Ве́чером мы танцева́ли на дискоте́ке. Ната́ша танцева́ла со мной и с Оле́гом. Нам о́чень нра́вилась Ната́ша. Ка́ждый день мы дари́ли ей цветы́.

Одна́жды мы подари́ли Ната́ше краси́вые ро́зы и спроси́ли, кто ей нра́вится – я и́ли Оле́г? Ната́ша отве́тила, что ска́жет нам за́втра у́тром. Но́чью мы не спа́ли, ду́мали о Ната́ше.

Утром мы пошли́ на мо́ре и уви́дели там Ната́шу. С ней был краси́вый молодо́й челове́к.

— Познако́мьтесь, э́то мой муж, — сказа́ла нам Ната́ша. — Он прие́хал сего́дня у́тром. Он мне о́чень нра́вится.

頁310：5

1) Моя́ сестра́ хо́чет быть арти́сткой.

2) Ива́н прочита́л статью́ о футбо́ле.

3) В суббо́ту студе́нты ходи́ли в го́сти к преподава́телю.

4) На дискоте́ке Джон танцева́л с подру́гой.

5) Анне уже́ 20 лет.

6) Еле́не о́чень нра́вится Москва́.

7) У Анны нет бра́та.

1) <u>Это</u> ста́рый моско́вский парк. Мне нра́вится <u>э́тот</u> ста́рый парк.

2) Мне ну́жно купи́ть <u>э́тот</u> календа́рь. <u>Это</u> но́вый, краси́вый календа́рь.

3) <u>Эта</u> матрёшка сто́ит 100 рубле́й. <u>Это</u> о́чень дорога́я краси́вая матрёшка.

4) Я зна́ю, что <u>э́то</u> интере́сный фильм. Я смотре́ла <u>э́тот</u> фильм.

5) <u>Это</u> студе́нты МГУ. <u>Эти</u> студе́нты прие́хали из Кита́я.

6) Бале́т «Отку́да и куда́?» – <u>это</u> совреме́нный филосо́фский бале́т. <u>Этот</u> бале́т мо́жно посмотре́ть в теа́тре.

7) Мы купи́ли <u>эти</u> кни́ги на вы́ставке. <u>Это</u> о́чень интере́сные кни́ги.

8) Пельме́ни – <u>э́то</u> моё люби́мое блю́до. Я ча́сто гото́влю <u>э́то</u> блю́до.

1) В це́нтре го́рода есть о́чень ста́рое <u>зда́ние</u>.

2) Это мой родно́й <u>дом</u>.

3) Мне о́чень нра́вится э́та краси́вая <u>откры́тка</u>.

4) Я купи́ла тёплое <u>пальто́</u>.

5) Это о́чень интере́сный <u>расска́з</u>.

6) Это но́вые <u>слова́</u>.

1) Мой друг ча́сто <u>расска́зывает</u> мне о семье́.

2) Вчера́ на вы́ставке мои друзья́ <u>купи́ли</u> интере́сные кни́ги.

3) Моя́ подру́га <u>бу́дет звони́ть</u> домо́й за́втра.

4) Я о́чень хочу́ <u>прочита́ть</u> но́вый ру́сский детекти́в.

5) Мне нра́вится <u>отдыха́ть</u> на мо́ре.

6) За́втра Джон <u>полу́чит</u> студе́нческий биле́т в декана́те.

1) Ка́ждый день я <u>встаю́</u> в 8 часо́в.

2) Я хочу́ <u>купи́ть</u> но́вый фотоаппара́т.

3) Анна до́лго <u>говори́ла</u> по телефо́ну.

4) Сейча́с мне на́до пойти́ в библиоте́ку и <u>взять</u> кни́ги.

5) Я не люблю́ <u>гуля́ть</u>, когда́ на у́лице хо́лодно.

6) Ви́ктор <u>сде́лал</u> дома́шнее зада́ние и пошёл гуля́ть.

7) Том <u>вы́учил</u> стихи́ и прочита́л их на ве́чере.

8) Мой друг ча́сто <u>опа́здывает</u> на заня́тия.

9) Ка́ждый день Оле́г <u>да́рит</u> цветы́ Ната́ше.

10) Анто́н <u>переводи́л</u> текст 2 часа́, потому́ что текст был тру́дный.

1) В Москве́ зимо́й хо́лодно, поэ́тому Джон купи́л ша́пку.

2) Вчера́ Анна ходи́ла в посо́льство, потому́ что она́ хоте́ла получи́ть ви́зу.

3) Мари́я лю́бит спорт, поэ́тому она́ занима́ется те́ннисом.

4) Анто́н не пришёл на уро́к, потому́ что пло́хо себя́ чу́вствовал.

1) Когда́ Ива́н прие́хал из Петербу́рга, он позвони́л дру́гу.

2) Когда́ Анна де́лает дома́шнее зада́ние, она́ не смо́трит телеви́зор.

3) Когда́ Ван Лин прие́хала в Москву́, она́ написа́ла ма́тери письмо́.

4) Когда́ моя́ сестра́ звони́т подру́ге, она́ до́лго говори́т с ней.

1) Я хочу́ послу́шать о́перу «Князь И́горь».

   Если хо́чешь, пойдём в Большо́й теа́тр.

2) Я хочу́ есть.

   Если хо́чешь, пойдём в рестора́н.

3) Я хочу́ отдохну́ть.

   Если хо́чешь, пойдём в парк.

1) Извини́те, я не по́нял, что вы сказа́ли. Повтори́те, пожа́луйста!

2) Каки́е краси́вые откры́тки! Покажи́те, пожа́луйста!

3) Я пло́хо себя́ чу́вствую. У меня́ температу́ра.

4) Кака́я интере́сная экску́рсия! Дава́йте пойдём!

5) На у́лице хо́лодно. А у меня́ нет ша́пки и ша́рфа.

6) Ве́чером я до́ма. Позвони́ мне, пожа́луйста!

1) Вы говори́те по-ру́сски?

   Да, э́то мой родно́й язы́к.

2) Ско́лько сто́ят э́ти цветы́?

   Ду́маю, недо́рого.

3) Кто зна́ет францу́зский язы́к?

   Ду́маю, никто́ не зна́ет.

4) Здесь мо́жно кури́ть?

   Извини́те, нельзя́!

5) Кака́я сего́дня пого́да?

   По-мо́ему, хоро́шая.

6) Почему́ ты не́ был на экску́рсии?

Пло́хо себя́ чу́вствовал.

頁326：6a

— Как дела́?

— Спаси́бо, хорошо́.

— Большо́е спаси́бо!

— Пожа́луйста.

— Пойдём в кино́!

— Пойдём. (Хорошо́, с удово́льствием.)

— Мо́жно?

— Пожа́луйста. (Нельзя́.)

— Здесь нельзя́ кури́ть!

— Извини́те.

— Что случи́лось?

— У меня́ боли́т голова́.

頁326：6б

— Кото́рый час сейча́с?

— Сейча́с 2 часа́ 30 мину́т.

— Ско́лько сто́ит э́та кни́га?

— 5 рубле́й 10 копе́ек.

— Ско́лько вам лет?

— Мне 25 лет.

— Как вас зову́т?

— Меня́ зову́т Ви́ктор.

— Како́й э́то журна́л? (Скажи́те, что э́то?)

— Э́то журна́л «Москва́».

— Как дела́?

— Всё в поря́дке.

頁326：7a

И. : Джон, вы студе́нт?

Д. : Да, я студе́нт.

И. : Где вы у́читесь?

Д. : Я учу́сь в университе́те.

И. : Когда́ вы прие́хали в Москву́?

Д. : Я прие́хал в Москву́ в сентябре́.

И. : Что вы у́чите?

Д. : Я учу́ ру́сский язы́к.

И. : Вы хорошо́ зна́ете ру́сский язы́к?

Д. : Да, я уже́ хорошо́ говорю́, чита́ю и понима́ю по-ру́сски.

И. : Ско́лько лет вы у́чите ру́сский язы́к?

Д. : Уже́ год.

И. : Где вы живёте?

Д. : В общежи́тии.

И. : Общежи́тие хоро́шее?

Д. : Да, э́то хоро́шее общежи́тие. Там живу́т все мои́ друзья́.

И. : Где живу́т ва́ши роди́тели?

Д. : Мои́ роди́тели в Аме́рике. Но они́ ча́сто звоня́т мне по телефо́ну.

И. : Что вы де́лаете в свобо́дное вре́мя?

15

Д. : В свобóдное врéмя я занимáюсь спóртом.

И. : Вы игрáете в футбóл?

Д. : Нет, я не умéю игрáть в футбóл, я игрáю в тéннис.

И. : И послéдний вопрóс: вам нрáвится Москвá?

Д. : Да, мне óчень нрáвится Москвá.

單詞表

基礎單詞

A

а 連 而、可是（1）

áвгуст 陽 八月（12）

автóбус 陽 公車（2）

автóграф 陽 題詞、簽名（13）

áвтор 陽 作者（14）

áдрес 陽 地址（4）

алло́ 威 喂！（打電話用語）（1）

альбóм 陽 相冊、紀念冊（4）

америкáнец 陽 美國人（9）

америкáнка 陰 （女）美國人（9）

америкáнский 形 美國的（8）

англи́йский 形 英國的、英國人的（9）

англичáнин 陽 英國人（9）

англичáнка 陰 （女）英國人（9）

апрéль 陽 四月（12）

аптéка 陰 藥局（4）

арти́ст 陽 演員（8）

арти́стка 女 女演員（10）

архитéктор 陽 建築師（15）

архитектýра 陰 建築（15）

аудитóрия 陰 （大學的）教室（4）

аэропóрт 陽 機場（13）

Б

бáбка 陰 奶奶、姥姥（11）

бáбушка 陰 祖母（3）

балери́на 陰 芭蕾舞女演員（14）

балéт 陽 芭蕾舞（9）

банáн 陽 香蕉（11）

банк 陽 銀行（2）

баскетбóл 陽 籃球（8）

бассéйн 陽 游泳池（12）

бежáть 未 跑、奔跑（12）

бéлый 形 白色的（7）

библиотéка 陰 圖書館（6）

бизнесмéн 陽 商人（5）

билéт 陽 票、券、（身分、職務的）證件（5）

биóлог 陽 生物工作者（5）

бланк 陽 格式紙、表格（14）

блю́до 中 盤子；一道菜（9）

бóлен (-льнá, -льнó, -льны́) 形 （短尾）生病（10）

болéть 未 生病（14）

болéть, боли́т, боля́т 未 疼痛（12）

бóльше всегó 最（13）

бóльше 副 更（多）；用在否定句前，再也（不）……；（不）再……（9）

большóй 形 大的（7）

бом 陽 噹（鐘聲）（1）

бон 陽 （流送木材的）欄木浮柵（1）

борщ 陽 紅甜菜湯（12）

боти́нки 複 （皮）鞋（7）

брат 陽 兄弟（2）

брю́ки 複 褲子（7）

буди́льник 陽 鬧鐘（13）

бýква 陰 字母（2）

бульвáр 陽 （城市中的）林蔭道、林蔭道式的街心花園（11）

бум 陽 熱鬧、熱潮（1）

бутербрóд 陽 （夾火腿等的）麵包片、麵包夾肉（15）

бывáть 未 常有、常是（10）

был 未 有、在、到、去，быть過去時陽性

形式（1）

бы́стро 副 快地、迅速地（13）

В

в 前 （六格）在……裡；（四格）去……裡、到……中（8）

ва́жный 形 重要的、重大的（14）

ва́за 陰 花瓶（4）

вам 代 （вы的第三格形式）（7）

ваш (ва́ша, ва́ше, ва́ши) 代 你們的（3）

век 陽 世紀（14）

вели́кий 形 偉大的（7）

велосипе́д 陽 自行車（10）

верниса́ж 陽 畫展預展、畫展開幕日（7）

весна́ 陰 春天（10）

весно́й 副 （在）春天（5）

весь 代 全部、整個（13）

ве́тер 陽 風（11）

ве́чер 陽 晚會、晚上（10）

ве́чером 副 （在）晚上（5）

вещь 陰 東西、物品（4）

взять 完 拿、取、買（12）

ви́деть 未 看見（10）

ви́за 陰 簽證（5）

вку́сный 形 可口的、好吃的（11）

внима́тельно 副 注意地、專心地（13）

вну́чка 陰 孫女、外孫女（11）

во-вторы́х 插 第二、第二點、其次（12）

вода́ 陰 水（1）

война́ 陰 戰爭（7）

войти́ 完 走進（13）

вокза́л 陽 火車站（12）

вокру́г 副 周圍、四周（12）

вон 語氣 那就是（1）

во-пе́рвых 插 第一、第一點、首先（12）

вопро́с 陽 問題（13）

восемна́дцать 數 十八（7）

во́семь 數 八（7）

во́семьдесят 數 八十（7）

воскресе́нье 中 星期天（9）

вот 語氣 這就是（1）

врач 陽 醫生（4）

времена́ го́да 季節（10）

вре́мя 中 時間（9）

всё в поря́дке 一切就緒、一切都好（11）

всегда́ 副 永遠、總是（4）

встава́ть 未 起來、起床（13）

встать 完 起來、起床（13）

встре́тить 完 遇見、迎接（10）

встреча́ться 未 相遇、會見（11）

встре́титься 完 相遇、會見（11）

встре́ча 陰 相遇、會面（8）

вто́рник 陽 星期二（9）

вчера́ 副 昨天（10）

вы 代 你們、您（1）

вы́пить 完 喝、飲（11）

вы́расти 完 生長（11）

вы́ставка 陰 展覽、展覽會（5）

выступа́ть 未 發言、演出、出場參賽（13）

вы́ступить 完 發言、演出、出場參賽（13）

вы́тащить 完 拉出、拔出（11）

вы́учить 完 讀熟、學會（11）

Г

газе́та 陰 報紙（4）

гара́ж 陽 車庫（4）

где 副 在哪裡、在什麼地方（4）

гита́ра 陰 吉他（6）

глаго́л 陽 動詞（9）

глаз 陽 （複數глаза́）眼睛（5）

говори́ть 未 說、講（9）

год 陽 年（10）

голова́ 陰 頭、腦袋（12）

голо́дный 形 饑餓的（11）

гора́ 陰 山（10）

го́род 陽 城市（2）

гости́ная 陰 客廳、接待室（10）

гости́ница 陰 旅館、飯店（5）

гость 陽 客人（10）

гото́вить 未 準備、做飯（9）

грамма́тика 陰 語法（9）

гро́мкий 形 大聲的（15）

гро́мко 副 大聲地、響亮地（12）

гру́ппа 陰 一群、組（2）

гуля́ть 未 散步（8）

Д

да 語氣 是、是的（1）

Дава́й пойдём. 我們走吧。（7）

Дава́йте познако́мимся. 讓我們認識一下。（5）

дава́ть 未 給（13）

дать 完 給（13）

давно́ 副 很早以前、早就（8）

да́же 語 連……也、甚至……也（15）

дай 命（請）給……（3）

да́йте 命 請把……給、請把……交給（4）

далеко́ 副 遠（11）

да́льше 副 稍遠些（8）

дам 完（我）給，動詞дать第一人稱單數形式（1）

дар 陽 禮物、恩賜（2）

дари́ть 未 送、贈送（13）

два 數 二、兩（1）

два́дцать 數 二十（7）

двена́дцать 數 十二（7）

две́сти 數 二百（7）

девяно́сто 數 九十（7）

девятна́дцать 數 十九（7）

де́вять 數 九（7）

дед 陽 祖父、老爺爺（11）

де́душка 陽 爺爺（4）

дежу́рный 形 值班的；名 值班者（13）

дека́брь 陽 十二月（12）

декана́т 陽 系主任辦公室（3）

дека́н 陽 系主任（11）

де́лать 未 做（8）

день 陽 天、日（9）

день рожде́ния 生日（11）

де́ньги 複 錢（5）

дере́вня 陰 農村（8）

де́сять 數 十（7）

детекти́в 陽 偵探小説（影片）（9）

де́ти 複 兒童們、小孩子們（5）

дешёвый 形 便宜的（7）

джаз 陽 爵士樂（9）

джи́нсы 複 牛仔褲（7）

дива́н 陽 長沙發（5）

дикта́нт 陽 聽寫（11）

ди́ктор 陽 廣播員、播音員（13）

дире́ктор 陽 經理、院長、（中小學）校長（4）

диск 陽 唱盤、磁片（15）

дискоте́ка 陰 迪斯可舞會（6）

дли́нный 形 長的（9）

дневни́к 陽 日記（15）

днём 副 在白天（4）

до 前（二格）到、至、距（表示空間和時間距離的長短）（1）

до за́втра 明天見（7）

До свида́ния！再見！（3）

договори́ться 完 商談、商定（14）

Дог-шо́у 中 Dog 秀（電視節目名稱）（13）

дождли́вый 形 多雨的（15）

дождь 陽 雨（11）

докуме́нт 陽 證件、證明文件（12）

до́лго 副 很久（11）

дом 陽 房子（1）

до́ма 副 在家裡（1）

дома́шний 形 家庭的（8）

домо́й 副 回家、往家裡（10）

домохозя́йка 陰 家庭主婦（5）

доро́га 陰 路、道路、路途（13）

дорого́й 形 親愛的、貴的（7）

дочь 陰 女兒（4）

древнегре́ческий 形 古希臘的（14）

друг 陽 朋友（2）

друг дру́га 彼此、互相（9）

дру́жба 陰 友誼（15）

дружи́ть 未 相好、交好、要好（15）

дру́жный 形 友好的、和睦的（15）

друзья́ 複 朋友們（5）

ду́мать 未 想、思考、認為（7）

дым 陽 煙（1）

дя́дя 陽 叔、伯、舅、姑父（4）

Е

его́ 代 他（它）的（3）

её 代 她（它）的（3）

ёж 陽 刺蝟（3）

е́здить 未 不定向（乘車、船等）去、來（10）

ем 未（我）吃，動詞есть第一人稱單數形式（4）

е́сли 連 如果（13）

есть 未 吃飯、吃東西（11）

е́хать 未 定向（乘車）去、來（10）

ещё 副 還、再（6）

Ж

жаль 副 遺憾、可惜（10）

жар 陽 熱、熱氣（3）

жа́рко 副 熱（3）

ждать 未 等、等待（9）

жду 動（我）等，動詞ждать第一人稱單數形式（3）

жёлтый 形 黃色的（8）

жена́ 陰 妻子（4）

живо́тное 中 動物（13）

жир 陽 油（脂）、脂肪（3）

жить 未 居住、生活（8）

жор 陽（魚類產卵後）復原營養期（3）

журна́л 陽 雜誌（3）

журнали́ст 陽 新聞記者（5）

журнали́стка 陰 女新聞記者（5）

З

забыва́ть 未 忘記（11）

забы́ть 完 忘記（11）

заво́д 陽 工廠（2）

за́втра 副 明天（2）

за́втрак 陽 早餐（2）

за́втракать 未 吃早餐（8）

загора́ть 未 曬黑、曬太陽（10）

зада́ние 中 作業（8）

зада́ча 陰 任務、問題（11）

заказа́ть 完 預定、訂做、訂購（14）

замеча́тельно 副 好極了、出色地（11）

занима́ться 未 學習、做功課（10）

занима́ться спо́ртом 從事體育運動（13）

за́нят (-á, -ы) 形（短尾）忙的（9）

заня́тие 中 課、上課（10）

заря́дка 陰 體操（13）

звать 未 召喚、邀請（11）

звони́т 未（他、她）打電話給……，動詞звони́ть第三人稱單數形式（8）

звони́ть 未 打電話給……、（鐘、鈴）響（9）

звук 陽 聲音（2）

зда́ние 中 樓房（6）

здесь 副 這裡（4）

здра́вствуй(те) [аст] 命 你（您、你們）好（3）

зелёный 形 綠色的（8）

зени́т 陽 天頂、頂點、頂峰（12）

зима́ 陰 冬天（10）

зи́мний 形 冬天的、冬天用的（12）

зимо́й 副（在）冬天（4）

знако́миться 未 認識、相識；了解、熟悉（14）

знать 未 知道（5）

зна́чит 未 意謂著、就是說，動詞зна́чить第三人稱單數形式（8）

зову́т (как зову́т) 未 叫（叫什麼名字），動詞звать第三人稱複數形式（2）

зонт 陽 傘（3）

зоопа́рк 陽 動物園（10）

зуб 陽 牙齒（6）

И

и 連 和、還有（1）

игра́ 陰 遊戲、比賽（3）

игра́ть 未 玩耍、遊戲、體育比賽（8）

игро́к 陽 參加遊戲（比賽）的人、選手
（13）

идёт 未（他、她）走，動詞идти第三人稱
單數形式（8）

иде́я 陰 主意、想法（11）

идти́ 未 定向 走、行走（10）

иду́ 定向（我）步行去，動詞идти第一人稱
單數形式（1）

иеро́глиф 陽 象形文字（9）

из 前（二格）自，由，從……裡（往外）
（12）

изве́стие 中 通知、消息（7）

изве́стный 形 著名的（7）

извини́те 命 請原諒（4）

изуча́ть 未 研究（15）

ико́на 陰 聖像（15）

и́мя 中 名字（4）

инжене́р 陽 工程師（4）

иногда́ 副 有時、有時候（8）

иностра́нец 陽 外國人（8）

иностра́нка 陰（女）外國人（8）

институ́т 陽 學院（4）

интере́сный 形 有意思的、有趣的（7）

интересова́ться 未 感興趣（14）

Интерне́т 陽 網際網路（9）

испуга́ться 完 害怕（12）

исто́рик 陽 歷史學家、歷史工作者（14）

истори́ческий 形 歷史的（10）

исто́рия 陰 歷史（9）

их 代 他們（它們）的、她們的（3）

ищу́ 未（我）找，動詞иска́ть第一人稱單數
形式（6）

ию́ль 陽 七月（12）

ию́нь 陽 六月（12）

К

к 前（三格）（表示方向）朝、向；在……
時間之前（11）

кабине́т 陽 辦公室、書房（10）

ка́ждый 代 每個（9）

как 副 如何、怎樣（2）

Как дела? 近來怎麼樣？（3）

как на ладо́ни 一清二楚、瞭若指掌、一覽
無餘（7）

како́й, -а́я, -о́е, -и́е 代 什麼樣的、哪一個
（7）

календа́рь 陽 日曆（7）

кани́кулы 複（多指學校的）假期（9）

капу́ста 陰 洋白菜、圓白菜（14）

каранда́ш 陽 鉛筆（3）

ка́рта 陰 地圖（2）

карти́на 陰 色彩畫（5）

карто́шка 陰 馬鈴薯（7）

ка́сса 陰 收款處（6）

кассе́та 陰 錄音帶（11）

ката́ться 未（乘車、馬、船等）遊玩、滾動
（14）

ката́ться на конька́х 滑冰（14）

ката́ться на лы́жах 滑雪（14）

кафе́ 不變 中 咖啡館（8）

ка́ша 陰 飯、稠粥（9）

кварти́ра 陰 住宅（8）

кино́ 不變 中 電影、電影院（5）

кинотеа́тр 陽 電影院（5）

кио́ск 陽 書報攤（5）

кита́ец 陽 中國人（9）

кита́йский 形 中國的、中國人的（7）

кита́йско-ру́сский 陽 漢俄的（7）

китая́нка 陰（女）中國人（9）

класс 陽 年級、班（3）

кло́ун 陽 小丑、丑角（11）

клуб 陽 俱樂部（2）

ключ 陽 鑰匙（12）

кни́га 陰 書（4）

кни́жный 形 書的、書籍的（13）

князь 陽（羅斯時期的）公、王（14）

когда́ 副 什麼時候（2）

кока-ко́ла 陰 可口可樂（9）

колбаса́ 陰 香腸、灌腸（15）

кома́нда 陰 隊、運動隊（9）

коммерса́нт 陽 商人、商業家（9）

ко́мната 陰 房間（2）

композ́итор 陽 作曲家（14）

компью́тер 陽 電腦（6）

конве́рт 陽 信封（5）

коне́чно [шно] 插 當然（4）

контро́льная рабо́та 測驗（9）

контро́льный 形 檢查的（9）

конфе́та 陰 糖果（12）

конце́рт 陽 音樂會、歌舞會（6）

коньки́ 複 冰刀（14）

корреспонде́нт 陽 新聞記者、通訊記者
（15）

к сожале́нию 很抱歉、很遺憾（12）

космона́вт 陽 太空人（14）

ко́смос 陽 宇宙（8）

костю́м 陽 服裝、衣服；套裝（15）

кот 陽 公貓（2）

кото́рый 代 第幾（11）

ко́фе 不變 陽 咖啡（5）

краса́вица 陰 美人、美麗的小姐（10）

краси́во 副 美麗地、漂亮地（10）

краси́вый 形 漂亮的（7）

кра́сный 形 紅色的（7）

кре́сло 中 安樂椅、單人沙發（5）

крова́ть 陰 床（12）

кры́ша 陰 房頂、屋頂（8）

кто 代 誰（2）

куда́ 副 到哪裡、往何處（10）

куда́-нибу́дь 副 隨便往何處、不管到哪裡
（11）

культу́ра 陰 文化、文明（14）

купи́ть 完 買（9）

кури́ть 未 吸菸（9）、（11）

ку́рица 陰 雞（14）

ку́ртка 陰（男式）上衣、夾克衫（7）

ладо́нь 陰 手掌（7）

ла́мпа 陰 燈（1）

лёгкий 形 輕的；容易的（13）

лека́рство 中 藥、藥品（12）

ле́кция 陰（大學）講課、講座（6）

лес 陽 森林（12）

ле́тний 形 夏天的、夏季的（12）

ле́том 副（在）夏天（4）

ле́то 中 夏天（10）

лечь 完 躺下、睡下（11）

лимо́н 陽 檸檬（14）

лист 陽 張、頁（4）

лист 陽（複數為ли́стья）葉子（8）

литерату́ра 陰 文學（9）

литерату́рный 形 文學的（13）

лифт 陽 電梯（12）

ли́шний 形 多餘的、剩餘的（12）

ло́жка 陰 匙、勺子（3）

лом 陽 鐵棍、鐵籤（1）

лук 陽 蔥（2）

луна́ 陰 月亮（1）

лы́жи 複 滑雪板（14）

люби́мый 形 喜歡的、受愛戴的（10）

лю́бит 未（他、她）喜歡，動詞люби́ть第
三人稱單數形式（8）

люби́ть 未 喜歡、愛（9）

любо́вь 陰 愛、愛情（7）

лю́ди 複（челове́к的複數）人們（5）

магази́н 陽 商店（4）

магнитофо́н 陽 錄音機（9）

май 陽 五月（3）

ма́ленький 形 小的（7）

ма́ло 副 很少（2）

ма́ма 陰 媽媽（1）

ма́рка 陰 郵票（7）

март 陽 三月（12）

ма́сло 中 黃油、奶油（15）

матема́тик 陽 數學家、數學工作者（14）

матема́тика 陰 數學（9）

матрёшка 陰 俄羅斯娃娃（6）

мать 陰 母親（4）

маши́на 陰 汽車、轎車、機器（3）

ме́бель 陰 傢俱（15）

медве́дица 陰 母熊（12）

медве́дь 陽 熊（12）

медвежо́нок 陽 小熊、幼熊（12）

медсестра́ 陰 護士（14）

ме́неджер 陽 經理（14）

меню́ 不變 中 菜單（7）

меня́ть 未 兌換、交換（11）

поменя́ть 完 兌換、交換（11）

ме́сто 中 地方（4）

ме́сяц 陽 月（份）（11）

метро́ 不變 中 地鐵（4）

мину́та 陰 分鐘（мину́ту是其第四格形式，意思是「請稍等」）（2）

мир 陽 和平（7）

мла́дший 形 年幼的、歲數較小的（12）

мне 代（я的第三格形式）（7）

мно́го 副 很多（2）

мо́да 陰 時髦（7）

модельéр 陽 時裝設計師（15）

мо́жет быть 可能（13）

мо́жно 副 可以（3）

мой (моя́, моё, мои́) 代 我的（3）

мол 語氣 插（據某人）説（1）

молодёжный 形 青年的、年輕人的（10）

молодёжь 陰 集 青年（們）（15）

молодо́й 形 年輕的（7）

молоко́ 中 牛奶（2）

моло́чный 形 生產乳品的；乳白色的（15）

монасты́рь 陽 修道院、寺院（14）

моне́та 陰 硬幣、錢幣（15）

мо́ре 中 大海（4）

моро́женое 中 冰淇淋（4）

москви́ч 陽 莫斯科人（7）

мочь 未 能、能夠、有能力（11）

муж 陽 丈夫（5）

музе́й 陽 博物館（4）

му́зыка 陰 音樂（9）

музыка́льный центр 音響組合（12）

музыка́нт 陽 音樂家（14）

мультфи́льм 陽 動畫片（9）

мул 陽 馬騾（1）

му́ха 陰 蒼蠅（2）

мыл 未 洗，動詞 мыть 過去時陽性形式（1）

мы́шка 陰（小）老鼠（11）

мы 代 我們（1）

мя́со 中 肉、肉類（7）

мяч 陽 球（13）

Н

на 前（四格）往……上；（六格）在……上（1）

на́до 謂語副詞 應當；需要（13）

называ́ться 未 叫做、稱作（11）

наизу́сть 副 背熟、記熟（9）

написа́ть 完 寫（11）

наприме́р 插 比如（13）

нарисова́ть 完 素描、畫（圖畫）（14）

нау́ка 陰 科學（14）

научи́ться 完 學習、學（14）

находи́ться (нахо́дится, нахо́дятся) 未 位於（8）

нача́ть 完 開始（13）

наш (на́ша, на́ше, на́ши) 代 我們的（3）

не то́лько, но и 連 不僅、而且（12）

не́бо 中 天空（6）

небольшо́й 形 不大的（12）

неда́вно 副 不久前（9）、（10）

недалеко́ 副 不遠（11）

недо́лго 副（時間）不長地、短時間地（11）

недо́рого 副 不貴（10）

некраси́вый 形 不好看的（15）

нельзя 副 不能、不許（4）

немного 副 稍許、不多（8）

неплохо 副 不錯、不壞（8）

несколько 數 副 幾、幾個、一些（12）

нет 語氣 不、不是、不對（否定回答）
（4）

неудобно 副 不方便（12）

нигде 副 什麼地方都（沒有、不）（8）

никогда 副（用於否定句）永（不）（10）

никто 代（誰）也不、沒有人（5）

никуда 副 哪裡也（不）、任何地方也
（不）（10）

ничего 副 沒關係、不要緊、還可以（4）

но 連 但是（1）

новость 陰 新聞、新鮮事（9）

новый 形 新的（7）

нож 陽 刀（3）

номер 陽 號；（旅館）房間（14）

нормально 副 正常地；（口）挺好地（5）

нос 陽 鼻子（4）

ночь 陰 夜（5）

ночью 副（在）夜裡（8）

ноябрь 陽 十一月（12）

нравиться (нравится, нравятся) 未
（討……）喜歡、合意、中意（7）

нужно 副 需要、要有；（與動詞不定式連
用）應該、應當（13）

нужный 形 需要的、必需的（15）

О

о (об) 前（六格）關於、有關（14）

обед 陽 午餐（5）

обедать 未 吃午餐（8）

общежитие 中 集體宿舍（4）

обычно 副 通常、平時（8）

обязательно 副 一定（13）

овощи 複 蔬菜（9）

одежда 陰 衣服、服裝（7）

один 數 一、一個（5）

одиннадцать 數 十一（7）

окно 中 窗戶（2）

около 前（二格）附近、旁邊（13）

октябрь 陽 十月（12）

Олимпийские игры 奧林匹克運動會（13）

олимпийский 形 奧林匹克運動會的（13）

он 代 他、它（1）

она 代 她、它（1）

оно 代 它（2）

опаздывать 未 遲到（11）

опоздать 完 遲到（11）

опера 陰 歌劇（9）

оптимист 陽 樂觀主義者（12）

организовать 未 完 組織、建立（15）

осень 陰 秋天（8）

осенью 副（在）秋天（4）

особенно 副 尤其、特別（9）

остановка 陰 公車站（4）

ответ 陽 回答（11）

отвечать 未 回答（13）

ответить 完 回答（13）

отдохнуть 完 休息（11）

отдыхать 未 休息（8）

отец 陽 父親（5）

открытка 陰 明信片（6）

откуда 副 從……地方來（12）

отлично 副 極好、優秀地（10）

отличный 形 極好的、優秀的（12）

отсюда 副 從這裡、從此地（12）

оттуда 副 從那裡（12）

очень 副 很、非常（4）

очередь 陰 次序、順序（12）

П

пальто 不變 中 大衣（6）

памятник 陽 紀念碑；文物、遺跡（10）

папа 陽 爸爸（1）

пар 陽 蒸汽（2）

парк 陽 公園（2）

паспорт 陽 公民證、護照（11）

пейзаж 陽 風景畫（7）

пельме́ни 複 餃子（9）

пе́рвый 數 第一（7）

переводи́ть 未 翻譯（12）

перевести́ 完 翻譯（12）

перево́дчица 陰 女翻譯（14）

перево́дчик 陽 翻譯（14）

переда́ча 陰 轉交；廣播、廣播節目（10）

переры́в 陽 （課間、工間）休息時間（5）

перча́тки 複 手套（7）

пе́сня 陰 歌、歌曲（4）

пессими́ст 陽 悲觀主義者（12）

пешко́м 副 徒步、步行（11）

пиани́но 不變 中 鋼琴（14）

пи́во 中 啤酒（9）

пинг-по́нг 陽 乒乓球（8）

писа́тель 陽 作家、作者（15）

писа́ть 未 寫（8）

письмо́ 中 信（4）

пить 未 喝、飲（11）

пи́шем 未 （我們）寫，動詞писа́ть第一人稱複數形式（7）

пла́вать 未 游、游泳（10）

план 陽 計畫（11）

плов 陽 手抓飯（13）

пло́хо 副 不好、壞（2）

плохо́й 形 不好的（7）

пло́щадь 陰 廣場（4）

по 前 （三格）沿著……；每逢（1）

по-англи́йски 副 用英語（8）

по-ара́бски 副 用阿拉伯語（9）

побежа́ть 完 跑起來、跑去（12）

повтори́ 命 請重複一遍、請再説一遍（7）

повтори́ть 完 重複、複習（11）

повторя́ть 未 重複、複習（9）

пого́да 陰 天氣（2）

подари́ть 完 送、贈送（13）

пода́рок 陽 禮品、禮物（12）

подру́га 陰 女友（2）

по́езд 陽 火車（10）

пое́хать 完 （乘車、馬、船等）開始走、開

始去（11）

пожа́луйста [луста] 語氣 請、不客氣（3）

позавчера́ 副 前天（10）

позва́ть 完 召喚、邀請（11）

позвони́ 命 請打電話（4）

позвони́ть 完 打電話給……、（鐘、鈴）響（9）

по́здно 副 （很）晚、（很）遲（13）

поздравля́ть 未 祝賀、道喜（14）

познако́мьтесь 命 請認識一下（6）

познако́миться 完 認識、相識；了解、熟悉（14）

позови́те 命 請叫……（5）

пойти́ 完 開始走、開始去（11）

пока́ 副 回頭見、暫時（5）

покажи́те 命 請把……給看、請出示（4）

пока́зывать 未 給……看……；使參觀（11）

показа́ть 完 給……看……；使參觀（11）

по-кита́йски 副 用中文（8）

покупа́ть 未 買（11）

поликли́ника 陰 聯合診所、綜合醫院（4）

положи́ть 完 放進、放入（11）

полчаса́ 陽 半小時（11）

поменя́ть 完 交換、兌換（9）

помога́ть 未 幫助（13）

помо́чь 完 幫助（13）

по-мо́ему 副 插 依我看（15）

помо́щник 陽 助手（15）

по́мощь 陰 幫助（15）

понеде́льник 陽 星期一（9）

понима́ть 未 懂、明白（8）

поня́ть 完 懂、明白（12）

попуга́й 陽 鸚鵡（11）

популя́рный 形 普及的、受歡迎的（7）

портре́т 陽 肖像（7）

по-ру́сски 副 用俄語（8）

поря́док 陽 秩序、次序（11）

посади́ть 完 讓……坐下；種植、栽種（11）

после́дний 形 最後的、最新的（15）

послеза́втра 副 後天（12）

послу́шать 完 聽（11）

посмотре́ть 完 觀看、參觀；望、看（11）

посмотри́ 命（你）看（4）

посове́товать 完 建議、勸告、出主意（14）

посо́льство 中 大使館（10）

посыла́ть 未 寄出、派遣（12）

посла́ть 完 寄出、派遣（12）

потанцева́ть 完 跳舞（12）

пото́м 副 以後、後來（10）

потому́ что 連 因為（7）

по-францу́зски 副 用法語（8）

почему́ 副 為什麼（7）

по́чта 陰 郵局（4）

поэ́т 陽 詩人（9）

поэ́тому 副 所以（9）

пра́вда 陰 真話；插 的確、確實（3）

пра́вильно 副 正確地（7）

пра́вильный 形 正確的、對的（11）

пра́здник 陽 節日（11）

пра́здничный 形 節日的；快樂的、高興的（13）

президе́нт 陽 總統、總裁（13）

преподава́тель 陽（大學）老師（4）

прибалти́йский 形 波羅的海沿岸的（8）

прибежа́ть 完 跑到、跑來（12）

приве́т 陽 你好（5）

пригласи́ть 完 邀請（10）

пригото́вить 完 準備、做飯（11）

прие́хать 完（乘車、馬、船）來到（12）

прийти́ 完 走到、來到（12）

приро́да 陰 大自然、自然界（9）

прия́тно 副 愉快（5）

проверя́ть 未 檢查、考驗（11）

прове́рить 完 檢查、考驗（11）

проводи́ть 完 伴送、陪行（14）

прогно́з 陽 預報（13）

програ́мма 陰 綱要；節目（單）（9）

програми́ст 陽 程式設計師（5）

продаве́ц 陽 售貨員（8）

проду́кт 陽 食品（9）

проездно́й 形（乘車、船等）行路用的（12）

проспе́кт 陽 大街（5）

профе́ссия 陰 職業（14）

прочита́ть 完 讀、閱讀（8）

пря́мо 副 直、直接（8）

пти́ца 陰 鳥、禽（7）

пти́чий 形 鳥的、禽類的（13）

путеше́ствовать 未 旅行、旅遊（15）

пу́шкинские места́ 普希金工作、生活過的地方（10）

пу́шкинский 形 普希金的（10）

пятна́дцать 數 十五（7）

пя́тница 陰 星期五（9）

пять 數 五（7）

пятьдеся́т 數 五十（7）

Р

рабо́та 陰 工作、工作地點（12）

рабо́тать 未 工作（8）

рад 形（用作謂語）高興的（6）

ра́дио 不變 中 收音機（9）

раз 陽 次（11）

разгова́ривать 未 談話、交談（14）

ра́зный 形 不一樣的、各式各樣的（12）

ра́ньше 副 從前、過去（10）

расска́з 陽 故事、短篇小說（2）

расска́зывать 未 講述、敘述（13）

рассказа́ть 完 講述、敘述（13）

расти́ 未 生長（11）

ребёнок 陽 孩子（5）

реда́кция 陰 編輯部（13）

ре́дко 副 少、稀疏地（9）

ре́па 陰（小）蕪菁（11）

рестора́н 陽 餐廳、飯店（6）

реша́ть 未 解決（11）

реши́ть 完 解決（11）

рис 陽 米、米飯（4）

рисова́ть 未 素描、畫（圖畫）（14）

рису́нок 陽 圖畫、插圖（9）

ро́дина 陰 祖國、家鄉（7）

роди́тели 複 父母親（5）

роди́ться 完 未 出生（10）

родно́й 形 親的、親近的、家鄉的（5）

рожде́ние 中 出生、誕生（11）

ро́за 陰 玫瑰（4）

рок-гру́ппа 陰 搖滾樂團（15）

рок-му́зыка 陰 搖滾樂（12）

рома́н 陽 長篇小説（7）

рубль 陽 盧布（俄幣）（7）

ру́сский 形 俄羅斯的（7）

русско-англи́йский 形 俄英的（12）

ру́сско-кита́йский 形 俄漢的（7）

ру́чка 陰 鋼筆（4）

ры́ба 陰 魚（2）

ры́нок 陽 市場（12）

ряд 陽 排、列、行（6）

ря́дом 副 在旁邊（8）

С

с 前（二格）自、從、由（12）；（五格）
　　和、與；拿著、帶著（14）

сад 陽 花園（3）

сала́т 陽 沙拉（6）

сам (сама́, са́ми) 代 自己、本人、親自
　　（13）

самова́р 陽 俄式茶炊（12）

самолёт 陽 飛機（12）

са́мый 代 最（7）

сати́ра 陰 諷刺、譏諷（12）

са́хар 陽 糖（14）

сберба́нк 陽 儲蓄銀行（8）

съесть 完 吃飯、吃東西（11）

свобо́дный 形 自由的、空閒的（9）

свой, своя́, своё, свой 代 自己的（11）

сдать 完 考試（及格）；交付、移交（12）

сде́лать 完 做（11）

сего́дня 副 今天（4）

сейча́с 副 現在（4）

секре́т 陽 祕密（15）

семна́дцать 數 十七（7）

семь 數 七（7）

се́мьдесят 數 七十（7）

семья́ 陰 家庭（4）

сентя́брь 陽 九月（12）

сериа́л 陽（電影或電視）系列片、連續劇
　　（9）

серьёзный 形 認真的、嚴肅的（13）

сестра́ 陰 姊妹（4）

сигаре́та 陰 香煙（5）

си́льный 形 有力的、強的（12）

симпати́чный 形 討人喜歡的、可愛的
　　（8）

си́ний 形 藍色的（7）

скажи́ (скажи́те) 命 請（您）説、請問
　　（4）

сказа́ть 完 説、講（11）

ска́зка 陰 童話（11）

ско́лько 代 副 多少（7）

ско́лько лет, ско́лько зим 很久沒見面了、
　　好久不見（10）

ско́ро 副 很快、迅速地（14）

скри́пка 陰 小提琴（14）

ску́чный 形 枯燥無味的、無聊的（9）

сле́ва 副（在）左邊、（從）左邊（4）

слова́рь 陽 辭典（4）

сло́во 中 單詞（2）

слон 陽 大象（12）

слу́жащий 陽 職員（8）

случа́йно 副 偶然（10）

случи́ться 完 發生、出現（12）

слу́шать 未 聽（9）

смотре́ть 未 觀看、參觀；望、看（9）

смочь 完 能、能夠、有能力（11）

снача́ла 副（首）先、起初（12）

снег 陽 雪（12）

соба́ка 陰 狗（2）

собо́р 陽 教堂（14）

собра́ние 中 會、會議（10）

сове́товать 未 建議、勸告、出主意（14）

совреме́нник 陽 同時代的人、現代人（10）

совреме́нный 形 現代的、當代的（7）

согла́сен (-сна, -сны) 形（短尾）同意、答應（12）

сок 陽 果汁（2）

со́лнечный 形 太陽的、有陽光的（15）

со́лнце 中 太陽、太陽光（7）

со́рок 數 四十（7）

сосе́д 陽 鄰居、鄰座的人（12）

спаси́бо 語氣 謝謝（2）

спать 未 睡覺（10）

спекта́кль 陽（演出的）戲劇（9）

спорт 陽 運動（7）

спортза́л 陽 體育館、健身房（12）

спорти́вный 形 運動的（9）

спортсме́н 陽 運動員（5）

спортсме́нка 陰 女運動員（5）

спра́ва 副（在）右邊、（從）右邊（4）

спра́шивать 未 問（13）

спроси́ть 完 問（13）

спу́тник 陽 同路人、旅伴（12）

среда́ 陰 星期三（9）

стадио́н 陽 體育場（6）

ста́нция 陰（火車、地鐵）站（7）

стари́нный 形 古老的（14）

ста́рший 形 年長的（13）

ста́рый 形 老的、舊的（7）

статья́ 陰 文章（5）

стенгазе́та 陰 壁報（7）

стихи́ 複 詩歌（7）

стихотворе́ние 中（一首）詩（13）

сто 數 一百（3）

сто́ит（сто́ят）未（它的）價值是、值（7）

стой 命（請）站住（3）

стол 陽 桌子（2）

столи́ца 陰 首都（5）

столо́вая 陰 食堂（4）

страна́ 陰 國家（2）

студе́нт 陽 男大學生（4）

студе́нтка 陰 女大學生（4）

студе́нческий 形 大學生的（13）

стул 陽 椅子（2）

суббо́та 陰 星期六（9）

сувени́р 陽 紀念品（7）

су́мка 陰 包（2）

суп 陽 湯（2）

суперма́ркет 陽 超市（4）

сча́стлив (-а, -ы) 形（短尾）幸福的（10）

сын 陽 兒子（2）

сыр 陽 乳酪（2）

сюда́ 副 到這裡、往這裡（10）

Т

та 代 那、那個（陰性）（1）

табли́ца 陰 表、表格（5）

такси́ 不變 中 計程車（10）

там 副 在那裡（1）

танцева́ть 未 跳舞（12）

тар 陽 塔爾琴（外高加索的一種民間撥絃樂器）（2）

таре́лка 陰 盤子（12）

тащи́ть 未 拉出、拔出（11）

твой (твоя́, твоё, твои́) 代 你的（3）

теа́тр 陽 劇院、戲劇（4）

театра́льный 形 戲劇的、劇院的（9）

тебе́ 代（ты 的第三格形式）（7）

текст 陽 課文（9）

телевизио́нный 形 電視的（13）

телеви́зор 陽 電視機、電視（5）

телегра́мма 陰 電報（13）

телезри́тель 陽 電視觀眾（13）

телефо́н 陽 電話（4）

температу́ра 陰 溫度、體溫（12）

те́ннис 陽 網球（8）

теоре́ма 陰 定理（14）

тепéрь 副 現在（10）

тепло́ 副 溫暖地（4）

тёплый 形 暖和的、溫暖的（7）

тест 陽 測驗、測試（13）

тетра́дь 陰 練習本（4）

тётя 陰 姨、嬸、姑（4）

то 代 那、那個（中性）（1）

това́рищ 陽 同志、同伴（5）

то́же 副 也、同樣地（3）

то́лько 語氣 僅僅、只（4）

том 陽 卷、冊（1）

тон 陽 音、調（1）

торт 陽 蛋糕（2）

трамва́й 陽 有軌電車（5）

тра́нспорт 陽 運輸業、運輸（14）

три 數 三（5）

три́дцать 數 三十（7）

трина́дцать 數 十三（7）

три́ста 數 三百（7）

тру́дный 形 難的、困難的（9）

туда́ 副 往那裡、去那邊（10）

тури́ст 陽 旅行者（7）

тут 副 在這裡（1）

ты 代 你（1）

ты́сяча 數 千、一千（14）

у

у 前（二格）（表領屬關係）屬於……的；（表處所）在……旁邊（1）

удо́бно 副 舒適地、方便地（11）

удо́бный 形 舒適的、方便的（12）

у́жин 陽 晚餐（10）

у́жинать 未 吃晚餐（8）

узна́ть 完 得知；打聽（11）

у́лица 陰 街道（5）

уме́ть 未 會（14）

у́мный 形 聰明的（13）

ум 陽 智慧（1）

университе́т 陽 大學（4）

университе́тский 形 大學的（8）

упражне́ние 中 練習（4）

уро́к 陽 課、功課（2）

уста́ть 完 感到疲乏、疲倦（11）

у́тром 副 （在）早晨（2）

уче́бник 陽 教科書（4）

учи́ть 未 讀、背誦功課等；學習；教（9）

учи́ться 未 就學、就讀、學習（9）

Ф

фа́брика 陰 工廠（5）

факульте́т 陽 （大學的）系（9）

фанта́стика 陰 幻想；科幻作品（13）

февра́ль 陽 二月（12）

фе́рмер 陽 農場主（5）

фи́зик 陽 物理學家、物理學工作者（14）

фи́зика 陰 物理（9）

физио́лог 陽 生物工作者（14）

филосо́фия 陰 哲學（14）

фило́соф 陽 哲學家（14）

фильм 陽 電影（6）

фи́рма 陰 公司、商行（8）

фонта́н 陽 噴泉（15）

фо́то 中 照片（1）

фотоаппара́т 陽 照相機（8）

фотографи́ровать 未 拍照、照相（10）

фотогра́фия 陰 照片（8）

францу́женка 陰 （女）法國人（9）

францу́зский 形 法國的、法國人的（9）

францу́з 陽 法國人（9）

фрукт（常用複數фру́кты）陽 水果、鮮果（11）

фрукто́вый 形 水果的（15）

футбо́л 陽 足球（8）

Х

хи́мик 陽 化學工作者（5）

хи́мия 陰 化學（6）

хлеб 陽 麵包（7）

ходи́ть 未 不定向 去、往（10）

хозя́йка 陰 女主人（9）

хокке́й 陽 冰球（冰上曲棍球）（8）

холоди́льник 陽 冰箱（12）

хо́лодно 副 冷（2）

холо́дный 形 冷的、寒冷的（12）

хоро́ший 形 好的（7）

хорошо́ 副 好（3）

хоте́ть 未 想、希望（11）

худо́жник 陽 藝術家、畫家（10）

Ц

цветно́й 形 彩色的（11）

цветы́ 複 花（8）

цена́ 陰 價格（5）

центр 陽 中心（5）

цирк 陽 馬戲、雜技（5）

ци́фра 陰 數字（5）

Ч

чай 陽 茶（4）

ча́сто 副 經常（9）

часы́ 複 鐘、錶（4）

час 陽 小時（11）

ча́шка 陰 碗、杯（4）

ча́ща 陰 密林、叢林（6）

чей (чья, чьё, чьи) 代 誰的（5）

челове́к 陽 人（5）

чёрный 形 黑色的（8）

четве́рг 陽 星期四（9）

четы́ре 數 四（7）

четы́рнадцать 數 十四（7）

чита́ть 未 讀、閱讀（8）

что 代 什麼（4）

чу́вствовать (себя́) 未 感覺、覺得（自己）
（13）

чуть-чу́ть 副 稍微、一點點（9）

Ш

ша́пка 陰 帽子（3）

шар 陽 球（3）

шарф 陽 長圍巾（3）

ша́хматы 複 象棋（8）

шестна́дцать 數 十六（7）

шесть 數 六（7）

шестьдеся́т 數 六十（7）

широ́кий 形 寬闊的（7）

шкаф 陽 櫃子（3）

шко́ла 陰 （中、小）學校（3）

шко́льник 陽 中小學（男）學生（5）

шко́льница 陰 中小學（女）學生（5）

шокола́дный 形 巧克力的（7）

шокола́д 陽 巧克力（14）

шор 陽 蕭氏硬度計（3）

Э

экза́мен 陽 考試（12）

экономи́ст 陽 經濟學家（5）

экску́рсия 陰 遊覽、參觀（4）

экскурсово́д 陽 導遊（14）

энциклопе́дия 陰 百科全書（12）

э́ра 陰 紀元（14）

эта́ж 陽 （樓）層（4）

э́то 這、這是（1）

э́тот (э́та, э́то, э́ти) 代 這、這個（7）

Ю

юри́ст 陽 法律學家、律師（5）

Я

я 代 我（3）

я́блоко 中 蘋果（3）

янва́рь 陽 一月（12）

專有名詞

Алекса́ндр Порфи́рьевич Бороди́н
亞歷山大・波爾菲里耶維奇・鮑羅定
（14）

Алекса́ндровский сад 亞歷山大花園（7）

Алекса́ндр 亞歷山大（10）

Алла 阿拉（女）（1）

Алла Пугачёва 阿拉·普加喬娃（歌手）（6）

Алсу́ 阿爾蘇（歌手）（5）

Альберт Эйнште́йн 阿爾伯特·愛因斯坦（14）

Аме́рика 美國（8）

Англия 英國（8）

Андре́й 安德列（男）（12）

Анна Ку́рникова 安娜·庫爾尼科娃（網球運動員）（5）

Анна 安娜（女）（1）

Анто́н 安東（男）（1）

Арба́т 阿爾巴特街（5）

Большо́й теа́тр 大劇院（4）

Ван Лин 王玲（女）（1）

Ване́сса Мей 陳美（14）

Вань Су 萬素（14）

Вашингто́н 華盛頓（12）

Вели́кая Кита́йская стена́ 萬里長城（7）

Вене́ция 威尼斯（7）

Ве́ра 薇拉（女）（9）

Верна́дский 韋爾納茨基（11）

Ви́ктор 維克多（男）（4）

Владивосто́к 海參崴（符拉迪沃斯托克）（15）

Влади́мир 弗拉基米爾（11）

Во́лга 伏爾加河（2）

Во́логда 沃洛格達（2）

Гага́рин 加加林（8）

Герма́ния 德國（12）

Гре́ция 希臘（13）

ГУМ 國立百貨商店（8）

Да́рья 達里婭（女）（5）

Джейн 簡（女）（9）

Джон 約翰（男）（5）

Дина́мо 狄納莫隊（9）

Дон 頓河（1）

Дюма́ 大仲馬（法國作家）（9）

Евге́ний Евтуше́нко

葉甫蓋尼·葉夫圖申科（詩人）（13）

Еле́на 葉蓮娜（女）（4）

Жан 讓（男）（9）

Зи́на 濟娜（女）（6）

Ива́н 伊萬（男）（1）

Ива́н Петро́вич Па́влов
伊萬·彼得洛維奇·巴夫洛夫（14）

Ивано́в 伊萬諾夫（2）

Игорь 伊戈爾（男）（5）

Илья 伊里亞（男）（5）

Инна 茵娜（女）（1）

Ира 伊拉（女）（1）

Ирку́тск 伊爾庫茨克（8）

Испа́ния 西班牙（9）

Исаа́киевский собо́р 聖以撒主教座堂（15）

Истори́ческий музе́й 歷史博物館（7）

Ита́лия 義大利（15）

Калу́га 卡盧加（12）

Камча́тка 堪察加半島（12）

Ки́ев 基輔（12）

Ки́евский вокза́л 基輔車站（7）

Кипр 賽普勒斯（12）

Кита́й 中國（5）

Кла́ра 克拉拉（女）（5）

Ко́стас 科斯塔斯（男）（12）

Кра́сная пло́щадь 紅場（4）

Кремль 克里姆林宮（4）

Крым 克里米亞（11）

Ли́дия 莉季婭（女）（14）

Ломоно́сов 羅蒙諾索夫（14）

Ло́ндон 倫敦（8）

Ло́ра 羅拉（女）（9）

Луи́с 路易斯（男）（12）

Лю Кун 劉空（7）

Лю Шо 劉碩（10）

Лю Янь 劉延（9）

Ма Лин 馬凌（8）

Мадри́д 馬德里（11）

Макдо́налдс 麥當勞速食店（8）

Мари́на 馬林娜（女）（5）

Мари́я 瑪莉亞（女）（5）

Ма́рта 瑪爾塔（女）（12）

Ма́ша 瑪莎（Мари́я的小名）（12）

МГУ 莫大（國立莫斯科大學的簡稱）（4）

Менделе́ев 門捷列夫（14）

Михаи́л 米哈伊爾（男）（12）

Москва́ 莫斯科（2）

На́стя 娜斯佳（女）（14）

Ната́лья Гончаро́ва 娜塔麗婭・岡察洛娃
（10）

Ната́ша 娜塔莎（女）（8）

Нева́ 涅瓦河（8）

Не́вский проспе́кт 涅瓦大街（15）

Ники́та Михалко́в 尼基塔・米哈爾科夫
（導演）（6）

Никола́й Ба́сков 尼古拉・巴斯科夫（歌
手）（5）

Никола́й 尼古拉（男）（8）

Нику́лин 尼庫林（11）

Нил 尼羅河（埃及）（6）

Новосиби́рск 新西伯利亞（8）

Нью-Йо́рк 紐約（8）

Оде́сса 敖德薩（10）

Оле́г Ме́ньшиков 奧列格・梅尼什科夫（演
員）（5）

Ольга 奧爾加（女）（5）

Омск 鄂木斯克（2）

Пари́ж 巴黎（8）

Пеки́н 北京（5）

Пётр I 彼得一世（15）

Пифаго́р 畢達哥拉斯（14）

Пло́щадь Тяньаньмэнь 天安門廣場（4）

Псков 普斯科夫（12）

Пу́шкин 普希金（8）

Росси́я 俄羅斯（5）

Ру́сский музе́й 俄羅斯美術館（4）

Санкт-Петербу́рг 聖彼得堡（5）

Са́ша 薩沙（5）

Сиби́рь 西伯利亞（8）

Смоле́нск 斯摩棱斯克（7）

Спарта́к 斯巴達克隊（9）

стадио́н «Лужники́» 盧日尼基體育場（4）

Су́здаль 蘇茲達里（8）

Тама́ра 塔瑪拉（女）（14）

Та́ня 塔妮婭（女）（9）

Тверска́я у́лица 特維爾大街（7）

Тверь 特維爾（12）

Тита́ник 電影《鐵達尼號》（9）

Том 湯姆（男）（5）

Третьяко́вская галере́я
特列季亞科夫美術館（5）

Ту́ла 圖拉（12）

Украи́на 烏克蘭（12）

Фра́нция 法國（8）

Хуачжо́нский университе́т нау́ки
и те́хники 華中理工大學（4）

Чайко́вский 柴可夫斯基（14）

Чёрное мо́ре 黑海（11）

Че́хов 契訶夫（俄作家）（7）

Шанха́й 上海（6）

Шереме́тьево 謝列梅傑沃機場（14）

Эрмита́ж 艾爾米塔什博物館（8）

Эрнест Резерфо́рд 歐尼斯特・拉塞福
（14）

Юра 尤拉（男）（3）

Ялта 雅爾達（15）

Ян Вей 楊偉（14）

國家圖書館出版品預行編目資料

走遍俄羅斯 1 全新修訂版 / 周海燕編著

--修訂初版--臺北市：瑞蘭國際, 2019.07

536面；21×29.7公分 --（外語學習系列；58）

ISBN：978-957-9138-07-9（第1冊：平裝附光碟片）

1.俄語 2.讀本

806.18   108006191

外語學習系列 58

走遍俄羅斯 ❶ 自學輔導手冊 全新修訂版

編著｜周海燕・繁體中文版審訂｜吳佳靜

責任編輯｜林珊玉

校對｜吳佳靜、林珊玉

錄音室｜采漾錄音製作有限公司

封面設計｜余佳憓・版型設計、內文排版｜陳如琪

瑞蘭國際出版

董事長｜張暖彗・社長兼總編輯｜王愿琦

編輯部

副總編輯｜葉仲芸・副主編｜潘治婷・文字編輯｜林珊玉、鄧元婷

特約文字編輯｜楊嘉怡

設計部主任｜余佳憓・美術編輯｜陳如琪

業務部

副理｜楊米琪・組長｜林湲洵・專員｜張毓庭

出版社｜瑞蘭國際有限公司・地址｜台北市大安區安和路一段104號7樓之一

電話｜(02)2700-4625・傳真｜(02)2700-4622・訂購專線｜(02)2700-4625

劃撥帳號｜19914152 瑞蘭國際有限公司

瑞蘭國際網路書城｜www.genki-japan.com.tw

法律顧問｜海灣國際法律事務所　呂錦峯律師

總經銷｜聯合發行股份有限公司・電話｜(02)2917-8022、2917-8042

傳真｜(02)2915-6275、2915-7212・印刷｜科億印刷股份有限公司

出版日期｜2019年07月初版1刷・定價｜課本＋自學輔導手冊，兩本合計650元・ISBN｜978-957-9138-07-9

本書採用環保大豆油墨印製